JOURNAL

D'UN

MISSIONNAIRE

ou

LETTRES DE L'ABBÉ ROLAND

Ancien Vicaire d'Orchamps-Vennes

(DIOCÈSE DE BESANÇON)

MISSIONNAIRE APOSTOLIQUE

Mort au Su-Tchuen oriental en 1875

BESANÇON

FAREY, LIBRAIRE

RUE SAINT-VINCENT, 25

PARIS | LYON

GAUME & Cie, ÉDITEURS | LECOFFRE & Cie, ÉDITEURS

RUE DE L'ABBAYE, 3 | RUE BELLECOUR, 2

1877

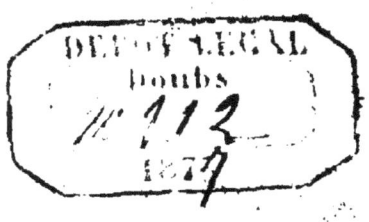

JOURNAL

D'UN

MISSIONNAIRE

JOURNAL

D'UN

MISSIONNAIRE

OU

LETTRES DE L'ABBÉ ROLAND

Ancien Vicaire d'Orchamps-Vennes

(DIOCÈSE DE BESANÇON)

MISSIONNAIRE APOSTOLIQUE

Mort au Su-Tchuen oriental en 1875

BESANÇON

FAREY, LIBRAIRE

RUE SAINT-VINCENT, 25

PARIS	LYON
GAUME & Cie, ÉDITEURS	LECOFFRE & Cie, ÉDITEURS
RUE DE L'ABBAYE, 3	RUE BELLECOUR, 2

1877

JOURNAL

D'UN

MISSIONNAIRE.

I

LE DÉPART.

L'abbé Alfred-Augustin Roland naquit à Grand-fontaine-Fournets (Doubs) le 28 août 1840, et passa les années de son enfance sur la paroisse des Fins, près de Morteau, à la ferme importante du Bas-de-La-Chaux, dont ses parents étaient devenus propriétaires. Il avait partagé son temps entre l'école du village et les travaux de la ferme, quand, à l'âge de quinze ans, il entra au petit séminaire de Consolation. Ce fut pendant sa

première année de théologie au grand séminaire
de Besançon qu'il entendit pour la première fois
la voix de la grâce qui l'appelait aux missions
étrangères. Le jeune lévite eut grand soin de
consulter son directeur, parfaitement résolu à
suivre ses conseils dans une affaire dont il sentait
toute la gravité.

Alors la famille Roland se composait de onze
enfants, cinq garçons et six filles. Le père, François Roland, était mort depuis peu de temps ; la
mère, Sophie Courtot, nièce des deux abbés
Courtot, généreux confesseurs de la foi pendant
la révolution de 1793, souffrait d'une maladie de
cœur que les médecins jugeaient sérieuse. Le
sage directeur décida que le jeune abbé devait
mûrir son projet de mission et ne pas aggraver,
par un départ précipité, et la maladie de sa mère,
et l'affliction de toute sa famille. En conséquence,
l'abbé Roland continua tranquillement son cours
de théologie, et, devenu prêtre le 5 septembre
1869, il fut nommé le même jour au vicariat
d'Orchamps-Vennes, paroisse éloignée d'une dou-
zaine de kilomètres seulement de la ferme de
La Chaux.

Le jeune vicaire n'avait point abandonné son projet des missions ; il le portait dans le secret de son âme, résolu à tout faire converger vers ce but, sans que personne ne pût s'en douter. Autant il montrait de zèle et d'ardeur pour tous ses devoirs dans l'exercice du saint ministère, autant il témoignait à sa bonne mère et à sa famille de tendresse et de dévouement. Pendant deux ans, le bon abbé ne passa pas une semaine sans se rendre de la cure d'Orchamps au sein de sa famille, au chevet de sa mère, dont la maladie s'aggravait sensiblement. Dans ses courses à travers monts et vallées, toujours faites à pied, n'importe par quel temps, il voyait une préparation à la vie pénible du missionnaire, et, pendant ses épanchements de l'amitié avec ses frères et ses sœurs, il pressentait le temps de la grande séparation. Ces bons frères, ces tendres sœurs, pensait-il, sauront un jour que, si je les quitte, ce ne sera ni par mécontentement, ni par indifférence, mais seulement par l'ordre de Dieu, et ils s'associeront plus religieusement à mon sacrifice.

Vers le commencement de l'année 1872, Sophie Roland avait rendu le dernier soupir, environnée de ses nombreux enfants, entre les bras de son cher abbé. Celui-ci, trois mois plus tard, venait passer quelques jours de retraite au grand séminaire de Besançon, et rappeler à son directeur que la voix de Dieu était toujours là, l'appelant au plus grand des sacrifices pour le salut des infidèles. Quelque temps après, il obtenait de Son Eminence Mgr Mathieu l'autorisation de se présenter au Séminaire des Missions étrangères, où il entrait le 22 octobre de la même année.

Pendant l'année suivante, en mai 1873, l'abbé Roland, annonçant à un ami sa destination pour le Su-Tchuen oriental, écrivait : *Si je ne consultais que mes goûts, je resterais à Paris jusqu'au départ; mais mes frères et sœurs me supplient de ne pas m'embarquer sans aller les voir. J'irai donc au pays; on verra que je suis bien le même et que je ne pars pas malgré moi.*

Le missionnaire revint à la ferme de La Chaux. On comprend la joie que produisit d'abord dans tous les cœurs la vue de celui que l'on avait craint de ne plus revoir. La fête fut grande dans la famille : les parents, les voisins, les amis accoururent; on semblait oublier que le jour présent

aurait son lendemain. Les moments passaient vite,
sans allusions à un avenir qui se présentait
triste et que la gaieté et l'entrain de l'abbé parve-
naient presque à faire disparaître de la pensée
de chacun.

Cependant le missionnaire devait se rendre de
nouveau à Paris pour la cérémonie du départ, et
le jour était proche. Comment se fera l'adieu
suprême à un pays et à une famille tant aimés ?...
Jusqu'ici l'abbé a pris pour lui seul tout ce qu'il
a pu des douleurs de la séparation ; il voudrait
encore ne laisser aux autres que ce qu'il ne
pourra prendre pour lui-même.

Le jeudi 19 juin, il va trouver un voisin digne
de sa confiance, lui communique sa résolution de
couper court aux émotions du dernier adieu, et le
prie de se trouver le lendemain à une heure du
matin, avec sa voiture, sur la route, éloignée de
la ferme de quelques centaines de mètres.

La soirée de ce jour se passa avec toute la
simplicité et la cordialité habituelles ; mais, à
l'heure du repos, l'abbé seul oublia le sommeil.
Remonté dans sa chambre, il passa les moments
qui lui restaient à dire son office et à écrire, et, à

l'heure fixée, il prenait sa malle sur ses épaules, descendait sans bruit l'escalier de sa chambre, et se rendait sur la route, à la voiture qui l'attendait. Le matin, comme rien ne bougeait dans l'appartement de l'abbé, contrairement à ce qui avait lieu les jours précédents, une de ses sœurs monte, trouve la porte ouverte, le lit comme elle l'avait laissé la veille, et dessus la lettre que voici :

« Mes bien chers frères et bonnes sœurs,

» Vous aimant tendrement, et cependant me sentant attiré vers ma vocation, je suis obligé d'employer un moyen très-pénible pour vous dire adieu. Oh! je vous en prie, ne m'accusez pas de dureté ; si j'avais le cœur dur, j'emploierais un autre moyen de séparation ; oh! oui, car je suis trop sensible.

» Chers frères et chères sœurs, je vous embrasse affectueusement. Que l'union, la paix existent au milieu de vous! je prierai toujours à cette intention. Dites à Louise, Eugénie, Josette, absentes de la maison, que je m'éloigne d'elles avec un chagrin aussi grand que si je vous embrassais tous réunis sur le seuil de la porte.

» Pardonnez-moi cette manière d'agir, chers frères et chères sœurs ; aimez toujours votre frère missionnaire ; il vous aime, soyez-en sûrs.

» Veuillez présenter mes remercîments à tous nos chers voisins qui m'ont invité à la soirée ; je n'oublierai jamais leur affectueuse invitation. Au revoir tous, bien chers parents, je ne puis vous embrasser, crainte de faire trop pleurer vos cœurs ; si je m'esquive ainsi, ce n'est point pour vous faire de la peine, mais pour ne pas briser vos cœurs. Bonjour parents, bonjour voisins, bonjour amis, bonjour tous, adieu! Adieu, les gens du Renaudumont, des Suchaux, des Maillards, des Valconcelin, des Montvoillot; adieu, tous. Adieu, Aubin, Jules, Augustin, sagesse et prudence; adieu, Maria, Pauline, Louise, Eugénie, Josette, confiance; ne pleurez pas un frère qui est heureux de sa vocation. Votre frère, qui vous chérit dans le Sacré Cœur de Jésus, dont nous célébrons la fête aujourd'hui.

» ROLAND,

20 juin 1873. » Missionnaire. »

A travers les sanglots et les larmes, on supposa que le missionnaire avait pris le chemin d'Or-

champs, d'où la voiture publique devait le conduire à Besançon. Aussitôt un des frères et une
des sœurs du pauvre fugitif se mirent à sa pour-
suite, et arrivèrent à temps à la voiture pour le
revoir encore et recevoir de sa bouche, débordant
de son cœur, les sentiments exprimés dans sa
lettre.

L'abbé Roland avait exercé le saint ministère
pendant trois ans dans la paroisse très-chrétienne
d'Orchamps-Vennes, dont il avait l'estime et l'affection, en restant pour ainsi dire au sein de sa
nombreuse et honorable parenté. Des liens doux et
puissants l'attachaient à sa famille et à son pays.
Dieu seul sait ce qu'il lui a fallu de courage pour
les briser ; Dieu seul mesure l'étendue de son immense sacrifice. On comprend que plus qu'un
missionnaire partant à sa sortie du séminaire il
ait éprouvé le besoin d'écrire, de communiquer
ses impressions à ceux qui possédaient comme
une moitié de son cœur. On comprend aussi avec
quelle joie ses parents et ses amis recevaient ses
correspondances et quel empressement ils met-
taient à y répondre. On lui répétait : « Cher abbé,
écrivez, écrivez tout ; entrez dans les plus petits

détails ; ne craignez pas de trop dire ; ce qui vous paraît à vous insignifiant, nous intéresse vivement soit à cause de vous, soit à cause des pays si étranges où vous êtes, soit encore à cause de l'œuvre sainte qui vous occupe, et que chérit toute âme chrétienne. »

Les lettres nombreuses qu'a écrites le missionnaire Roland pendant son trop court séjour en Chine et son long voyage, une main amie les a recueillies, en a extrait les principaux passages, ayant soin de laisser au missionnaire son langage propre, et de ne suivre que l'ordre indiqué par les *dates*.

Ce recueil est spécialement fait pour les nombreux parents et amis du missionnaire. On espère que ceux qui ont aimé à l'entendre et à le lire pendant sa vie, suivront avec intérêt et édification l'écho de sa parole après sa mort.

Ceux qui n'ont pas connu l'abbé Roland, et qui, inspirés par leur amour pour les missions, voudront suivre son récit, auront une idée de la vie réelle de nos apôtres en Chine, ainsi que parfois l'expression franche et naïve des sentiments d'une piété vraie, et d'une ardente charité.

II

DE MARSEILLE A ADEN.

Le dimanche 20 juillet 1873, le navire quittait
le port de Marseille, et, prenant rapidement le
large, nous forçait bien vite à quitter des yeux la
patrie, la chère France. Au moment où la terre
disparaissait, j'étais appuyé sur le bord du vaisseau, les regards tournés vers le sanctuaire de
Notre-Dame de la Garde. Des larmes vinrent
mouiller mes paupières, et je ne pus m'empêcher
de pleurer. Il me semblait que je quittais de nouveau ma famille, mes parents, mes amis ; tous les
souvenirs pénibles, tous les sacrifices douloureux
du passé se pressèrent tout à la fois dans mon
cœur. Nous étions huit missionnaires, et les huit
profondément émus ; les larmes coulaient sur nos

visages ; la patrie nous échappait ; nous ne devions plus revoir notre chère France !

Voici tout une autre existence : l'onde et le ciel, le soleil et les flots agités, le ciel et l'abîme. Adieu, chères montagnes de la Comté ; adieu encore, chers parents et amis !

21 *juillet*. — Terre ! terre ! fut le cri du réveil, et comme si nous n'avions vu que l'eau depuis vingt mois, nous arrivons en toute hâte sur le pont, pour contempler l'île de Corse à gauche, la Sardaigne à droite, qui montrent des rochers dénudés, des sables arides, et plus loin des terres à peine verdoyantes. Dans la matinée, nous fûmes distraits par d'énormes poissons qui suivaient le bâtiment. Leurs têtes, penchées sur les flots, semblaient nous menacer. Ce que nous leur jetions de nourriture était peu en rapport avec de telles ouvertures, qui semblaient réclamer beaucoup plus et nous dire : Vos personnes tout entières ne seraient pas trop.

22 *juillet*. — Nous entrons dans le golfe de Naples. Ce sont d'abord de jolies maisons de campagne, agréablement posées sur les pentes qui s'inclinent vers la mer, puis la ville tout entière

en amphithéâtre; des églises dominant les maisons, des châteaux superbement assis au sommet des rochers et des hauteurs qui environnent
la cité; près de nous, de légères gondoles aux
voiles flottantes qui semblent se balancer mollement sur l'onde à peine agitée; enfin le Vésuve et
son sommet fumant. Beau spectacle, vraiment
capable de charmer un touriste, de l'extasier et
d'amener sur ses lèvres le mot proverbial : « Voir
Naples et mourir. » Pour nous, missionnaires,
nous avons bien autre chose à cœur. Il est six
heures du matin, nous pouvons espérer dire la
sainte messe. L'*Ava* (c'est notre vaisseau) n'est
pas sitôt arrêté que nous voilà les huit sur la
barque qui nous amène à terre. Nous entrons
dans la première église qui se présente. Elle est
belle, d'un aspect agréable, et de la meilleure
grâce du monde il nous est accordé la faveur de
monter à l'autel. Nos prières furent ardentes, je
vous assure. La veille, pour la première fois depuis que je suis prêtre, j'avais été privé du bonheur de célébrer, et ce jour-là j'étais dans la ville
de saint Janvier, sur le sol d'Italie, non loin de
Rome, de Pie IX, le successeur de celui à qui le

Sauveur a dit : *Allez, enseignez toutes les na- tions!...*

A onze heures, le vaisseau regagnait le large ; vers trois heures, plus de terre : le ciel et l'eau. Dans la soirée, la mer devint agitée et les vi- sages bien assombris. Un point fixait les regards : c'était la flamme du Vésuve, qui le matin, quand nous étions à ses pieds, ne semblait lancer que de la fumée.

23 *juillet.* — L'Europe fuit toujours. Le ciel est sans nuage, l'onde agitée. Plus d'appétit; le mal de mer nous tourmente. Tristesse et abatte- ment. Décidément je vote pour le silence et la position horizontale.

24 *juillet.* — Une mer plus calme nous permet de dire la messe. C'est moi qui, en ma qualité de plus ancien prêtre, aurai le bonheur de célébrer les saints mystères. Notre église est une cabine étroite comme une alcôve des vieilles maisons de nos montagnes ; une crédence supporte l'autel ; mais autour du navire qui va porter le corps et le sang du Sauveur s'étend la mer, la mer immense, et les ondes mugissantes s'arrêteront contre ses flancs. Grand Dieu ! que vous êtes bon de venir

ainsi dans le cœur de vos chétives créatures, à
peine perceptibles sur les abîmes de l'Océan ! —
Vous dire mes impressions, c'est impossible. Mes
confrères communient de ma main. Puis c'est
l'action de grâces, qui se fait avec recueillement,
et dans la cabine, et sur le pont. Nous étions heureux. Le commandant se promenait majestueusement à nos côtés; mais nous, nous étions les
favoris de Celui qui commande aux vents et aux
tempêtes et donne la vie au monde.

Dans l'après-midi, à l'aide d'une longue vue,
nous apercevons comme une motte de terre dans
le lointain : c'est l'île de Candie. Tout fuit et disparaît : il y a à peine un mois que je disais adieu
à nos chères montagnes du Doubs, une semaine
que je quittais Paris, cinq jours que la France
disparaissait au pied de Notre-Dame de la Garde ;
aujourd'hui c'est à l'Europe que nous envoyons
notre salut. L'Asie va se montrer; c'est le pays
des missions. Peut-être apercevrai-je les côtes
de la Syrie. Que ne puis-je serrer la main au
P. Cuche, mon vénérable compatriote. Peut-être
verrai-je les côtes de la Palestine. Que ne puis-je
toucher ce sol qui donna au monde le Soleil de

justice, Jésus, qui nous charge de porter son nom
et sa divine lumière aux extrémités de la terre.

25 *juillet*. — Voulez-vous que je vous parle de
notre chez-nous, de notre équipage ? Français,
Anglais, Espagnols, Italiens, Japonais, Corses,
Chinois, Arabes (noirs comme des diables et
presque nus comme des vers), sont passagers,
hommes et femmes, au nombre d'une centaine ;
garçons de peine pour les divers travaux et la
cuisine, Indiens et Français, au nombre de quatre-
vingts ; puis quatre bœufs, qui gémissent de ne
pouvoir brouter, huit veaux, qui demandent la
liberté ; poules, poulets, canards en quantité, qui
vous cassent les oreilles par leurs cris intolé-
rables.

Lait, beurre frais, café, fraises, eau glacée, rien
ne manque, sinon souvent l'appétit. Les officiers
du bord commandent la manœuvre ou étudient ;
les matelots tendent les cordages et les voiles ; les
garçons de service sont à leur ouvrage ou dorment
sur le plancher. Les passagers jouent pour tuer
le temps, et les missionnaires sont entre eux en
joyeuse conversation, quand ils ne sont pas à la
prière et à l'étude, ou aux prises avec le mal de

mer. Voilà comment va notre communauté de
circonstance.

26 *juillet.* — Hier, nous avons aperçu Da-
miette ; aujourd'hui notre vaisseau est amarré
devant Port-Saïd, ville d'environ 10,000 habitants, à l'entrée du canal de Suez. Nous voulons
mettre pied à terre et visiter la ville. Spectacle
étrange : les rues sont un sable mouvant, sur
lequel on marche plus péniblement que sur la
neige de nos montagnes. La chaleur brûle les
pieds à travers les souliers. Pas un arbre, pas
un brin d'herbe sur ce sol calciné par le soleil.
Tous les peuples se coudoient dans cette ville,
Français, Anglais, Allemands, Italiens, Turcs et
Arabes; des hommes plus noirs que le charbon
montrent des dents et des yeux plus blancs que la
neige; ils n'ont pour tout vêtement qu'une espèce
de toile grossière qui leur descend des reins aux genoux, et vont nu-tête, nu-pieds sous ce soleil qui
rôtit les épaules même à travers un parasol. N'ap-
prochez pas : il suinte de ces peaux noires une
sueur, ou plutôt une graisse qui mouille et salit.

Nous avons visité la ville française et la ville
arabe : dans la première, nous avons été insultés;

les Arabes, plus honnêtes, venaient à notre rencontre, et, nous saluant gracieusement, nous disaient : « Marabouts, entrez chez nous. » Des femmes, ayant pour tout costume une chemise qui descend du cou jusqu'aux genoux, portaient depuis fort loin de l'eau dans des peaux de boucs bien cousues. On dit que l'eau renfermée dans ces vieilles peaux est excellente ; j'ai mieux aimé le croire que de m'en assurer par moi-même.

Un clocher se présente. L'église n'est qu'un vieux bâtiment long, étroit, écrasé comme notre loge de La Chaux. Les poutres et la charpente en sont les plus beaux ornements; les tuiles, mal jointes, laissent voir le firmament. C'est mal construit, mais tenu avec une certaine propreté. Ce sont des Pères capucins qui font le service de cette église et de la paroisse. Ces bons Pères nous ont montré toutes leurs richesses, entre autres trois cloches, qui font merveille à Port-Saïd, mais que je porterais sur mon dos sans baisser la tête. Nous regagnons précipitamment le navire, et une heure après nous étions dans le fameux canal de Suez, travail vraiment colossal et des plus utiles de notre époque.

27 *juillet.* — Figurez-vous une rivière ayant
la largeur du Doubs à travers un désert de cent
kilomètres de longueur; à droite et à gauche,
des plaines à perte de vue, sans un brin de végétation. Vous ne voyez par ci par là qu'un arbris-
seau comme une espèce de buis, et de distance en
distance des maisonnettes construites à l'européenne, habitation des gardiens du canal. Parfois
vous apercevez la tente de l'Arabe habitant du
désert, et celui-ci pataugeant dans le sable brûlant à la suite de son chameau rudement chargé
d'eau. Le sable est par endroits comme des menées
de neige façonnées par le vent, et si celui-ci n'a
pas soufflé depuis quelques jours, vous trouvez
marqués les pas des chacals et des bêtes féroces,
comme les pas des chiens et des loups sur les
neiges de nos montagnes.

Nous avancions depuis neuf heures dans le
canal, quand nous avons dépassé un navire. Ce
malheureux bâtiment s'était écarté à peine de la
voie, avait donné dans le sable et s'y était pris.
Depuis vingt-quatre heures on travaillait à le
tirer d'affaire. Le nôtre, plus habile, va son petit
train, mais n'avance guère plus que l'ancien

vicaire d'Orchamps arpentant les communaux
des Fournets. La chaleur augmente : 38 degrés à l'ombre ; on cuit au soleil ; mais la traversée du canal n'est point par trop désagréable.
Que le canal de M. de Lesseps ne se prolonge-t-il
jusqu'en Chine !

28 *juillet.* — Hier soir, nous sortions du canal
de Suez et abandonnions le port de la ville de ce
nom pour entrer dans la mer Rouge. Ce matin
nous pouvons voir les deux côtés de la mer : à
droite, le désert de l'Afrique ; à gauche, celui de
l'Asie. Je suis en face du Sinaï ; je fends les flots
de la mer Rouge, ces flots qui obéirent à la voix
de Moïse. Je contemple cette montagne qui entendit la voix de Dieu, retentit de son tonnerre et fut
éclairée de sa foudre. Un catholique anglais vient
de me montrer l'endroit de la mer où, d'après la
tradition, les Hébreux la traversèrent à pied sec,
et où furent submergés Pharaon et son armée.
Nous sommes loin de ce temps où Dieu faisait
éclater sa puissance ; mais ce sont bien les mêmes
lieux que je vois, et c'est bien le même Dieu que
j'adore ; seulement, depuis que la divine Victime,
Jésus, a monté sur le Calvaire, il ne veut plus

manifester que ses bontés par des ministres de
paix. A mesure que le Sinaï disparaît, la mer
s'étend ; on ne voit plus ses bords. La chaleur
augmente, les parois du navire sont en feu, les
toiles brûlantes, l'air prend la couleur des sables
du désert ; 40 degrés nous pèsent sur la tête.
Jamais je n'ai tant souffert de la chaleur, cependant ma santé n'est point mauvaise ; l'estomac et
la tête sont demeurés parfaitement libres pendant
la traversée très-calme du canal de Suez et de la
mer Rouge. Hier a été le premier dimanche passé
sans offices publics ; le cœur souffre de cette privation. Ainsi le veut Celui qui nous appelle aux
extrémités du monde.

1er *août*. — Hier soir à huit heures, les passagers étaient avertis par un coup de cloche qu'ils
entraient dans le détroit de Bab-el-Mandel. Ce
matin, le canon du navire nous a avertis que
nous approchons de la ville d'Aden. Nous sommes
au port et l'ancre est jetée. Voici qu'une quantité
de petites pirogues circulent autour de notre vaisseau. Ce sont des nacelles d'à peine un mètre de
long, extrêmement légères, de vraies coquilles de
noix, montées par de petits négrillons qui, la

rame à la main, effleurent l'eau avec une rapi-
dité étonnante. Ces enfants, vêtus d'un simple
linge serré autour des reins, tantôt sur leur
nacelle, tantôt dans la mer, nagent comme des
poissons, passent et repassent sous les navires.
Qu'on leur jette une pièce de monnaie sur la sur-
face de l'eau, ils n'hésitent pas à la suivre pour la
retrouver au fond de la mer. Pour un sou jeté
sur les flots, une dizaine de ces négrillons dispa-
raissent, et le vainqueur revient le premier, mon-
trant la pièce, tout joyeux de son triomphe.

III

D'ADEN A CEYLAN.

9 août. — Le 2 de ce mois nous quittions Aden et ses rochers brûlants, pour entrer dans la mer des Indes. Cette mer devint peu à peu très-houleuse. Par moment le vaisseau était tellement penché par les vents qu'il était impossible de rester sur le pont sans s'y cramponner des deux mains. Des vagues, dépassant le navire, retombaient sur le pont, inondaient les passagers, charriant les fauteuils et les siéges; on voyait des passagers culbutés, roulés d'une extrémité du navire à l'autre. Pour moi, j'ai eu un coussin arraché de dessous ma tête et lancé contre la grille du bord; pendant ce temps-là, un milord était promené trois fois d'un bord à l'autre sans pouvoir saisir un objet et excitait les rires des

témoins de son aventure. Le vent faisait un bruit
étrange ; vous savez le mugissement des forêts de
sapins, vous avez entendu la tempête dans le
lointain, ou de près la chute du Saut-du-Doubs,
tout cela n'est rien comparativement au bruit
que font les flots agités par un vent médiocre. On
a les oreilles cassées, la tête fatiguée, l'estomac et
le cœur soulevés.

Quand, la nuit, on sent ses pieds s'élever au-
dessus de sa tête, on n'est pas sans crainte d'être
jeté aux poissons ; mais le calme des matelots et
des chefs de l'équipage vous rassure bien un peu,
sans néanmoins vous empêcher de souffrir. Pendant trois jours, je n'ai pu conserver aucune
nourriture. Je prenais beaucoup sur moi ; je voulais être fort, mais il me fallait sortir au milieu
de chaque repas pour jeter aux poissons ce que
je venais de prendre. La nuit, ne pouvant dormir,
je faisais des rêves impossibles ; j'étais toujours
avec vous, mes chers parents et amis ; j'ai parlé à
chacun de mes frères, à chacune de mes sœurs ;
j'ai été à La Chaux, au Russey, à Orchamps.
Quand on souffre du mal de mer pendant plusieurs jours, oh ! que l'on désire éprouver le mal

de terre ! Je veux dire ces courses à travers champs, prés et forêts, ces courses qui vous fatiguent sans jamais vous réduire. Qu'elle est pénible cette vie abrutissante qu'on mène à bord des navires pendant les mauvais temps! En vain on dit au navire : arrête, au moins ralentis ta course; laisse reposer un peu ces voyageurs que tu assommes par ton roulis insupportable. La vapeur répond : marche en avant, Dieu le veut...

Et vous, chers parents et amis, malgré votre peine à voir s'éloigner le vaisseau, ne laissez-vous pas parler votre foi ? Marche, navire, en avant ; va rapidement jeter où Dieu l'appelle ce frère, cet ami bien cher que nous sacrifions volontairement pour le salut des âmes, dans l'espérance de nous retrouver tous réunis un jour. Comme elle obéit à nos vœux, cette vapeur qui fait douze nœuds à la minute et s'empresse de mettre une immense séparation entre vous et celui qui vous aime tant !

Bientôt nous arriverons à Ceylan. Nous reverrons la verdure ! Quel bonheur de jouir de cette pelouse qui charme le regard et dont je suis privé depuis mon passage en Franche-Comté! Oh! que j'ai aimé nos montagnes toujours vertes, nos prés-bois en pleine végétation. Jusqu'à Besançon, jusqu'à Dole, c'était la douce teinte de verdure du printemps, la fraîcheur du beau mois de mai l'odeur des trèfles de juin ; mais quand nous sommes descendus vers Marseille, les moissons jaunissaient, puis la Méditerranée, puis les déserts de l'Afrique et de l'Asie avec leurs rochers calcinés, enfin l'immense mer des Indes, avec ses vents et ses tempêtes. Oh ! que ceci est loin de valoir notre belle Comté, nos chères montagnes, nos villages isolés, nos fermes perdues dans les replis des vallées ! Chers compatriotes, il semble qu'en quittant la France, on abandonne le séjour de la douce lumière que répand la foi, l'atmosphère suave de l'aimable charité. Chère France, illustre France, tu es la plus belle et la plus riche des nations ; conserve ta foi, les bénédictions de l'Homme-Dieu, et que la rosée céleste te conserve ton printemps éternel !

9 *août*. — Nous voici en face de Ceylan. Autour de nous toute sorte de navires, navires marchands, navires de guerre, navires des messageries, mais tous immobiles. Une barque nous conduit à bord, nous touchons au sol ! Quel

bonheur! Quelle heureuse surprise de sentir que
le pied a retrouvé le solide !

La terre que nous foulons appartient aux
Anglais; elle est habitée par la race noire. Ces
bons insulaires nous saluent, les uns en faisant
le signe de la croix, les autres en nous deman-
dant des médailles et des images. Nous sommes
en pays catholique. Un bon curé, bénédictin espa-
gnol, nous reçoit à bras ouverts. Le lendemain,
dimanche, 10 du mois d'août, fête de saint Lau-
rent, nous envahissons son église : l'un de nous
chante la grand'messe, les autres s'emparent du
lutrin, à la grande satisfaction de la grande
assemblée de nègres et de négresses, qui nous
semblaient ravis de notre cacophonie. C'était, je
pense, pour ces catholiques sincères, le chant
romain le plus pur.

Après tant de jours passés sur mer, que les
moments sont heureux sur ce sol fertile, abondant, d'un luxe de végétation extraordinaire! Il
n'y a que forêts de cocotiers et de bananiers, que
champs de caféiers et de cannes à sucre. Un habitant de l'île nous invita à manger des cocos; un
seul de ces fruits, gros comme la tête d'un

homme, donne assez pour un estomac muni du
meilleur appétit, outre environ deux verres d'une
excellente boisson. Aussi dit-on que les habitants de Ceylan vivent sans soucis, jouissant tranquillement des richesses d'un sol si prodigieu-
sement fertile.

Nous avons eu dans cette île un spectacle vraiment amusant. Quand la nuit fut venue, nous
vîmes, non pas des vers luisants, comme dans
notre pays de France, mais un insecte dans le
même genre, qui, au lieu de ramper, vole et
s'agite dans les airs en quantité prodigieuse. On
dirait une pluie de paillettes d'or, d'étincelles de
feu. Les arbres sont couverts de ces diamants mo-
biles et paraissent illuminés. D'un arbre à l'autre,
même d'un jardin à l'autre, ces étincelles bril-
lantes vont de haut en bas, de bas en haut, et, se
croisant en tous sens, présentent un coup d'œil
ravissant.

12 *août*. — Au point du jour le mardi, le
navire a repris le large ; déjà nous n'apercevons
plus les montagnes de Ceylan. Plus que le ciel et
l'eau !

IV

DE CEYLAN A SAIGON.

15 *août*. — Nous voyons la terre de deux côtés : à droite, l'île de Sumatra, possédée par les Hollandais, dont les naturels essaient de secouer le joug ; à gauche, les îles Nicobard, dont l'abbé Chopard, de Grand'Combe, a été le premier apôtre. C'est là, c'est sous ce ciel nuageux que reposent les restes de ce cher compatriote. Mes yeux ne peuvent abandonner ce point qui va disparaître. Que ne puis-je descendre et parler à quelqu'une de ces âmes, conquêtes du saint missionnaire. Mais en ce moment il s'agit de bien autre chose : notre équipage n'est pas sans crainte. On nous dit que dernièrement un navire anglais a été attaqué par les insurgés de Sumatra et a été obligé de prendre bien vite le large pour

échapper aux coups de canon qui lui venaient de
la côte. On dit qu'un homme averti en vaut deux;
nos chefs ne manqueront pas de prendre leurs
précautions. Le ciel est beau, la mer calme, les
passagers jouissent du repos; mais qu'est-ce que
cela en comparaison du bonheur de célébrer la
fête de l'Assomption? O Marie, jadis j'assistais à la
solennité de la grand'messe, des vêpres, des pro-
cessions; il m'était donné de prêcher vos bontés,
votre miséricorde, votre maternité divine et vos
sublimes priviléges; aujourd'hui je ne vois pour
vous honorer ici que vos huit missionnaires. Au
nom de leurs cœurs d'apôtres, je vous en conjure,
veuillez toucher ces âmes qui nous environnent,
ces pauvres matelots qui ne connaissent pas le
jour du Seigneur; ces chefs de l'équipage, qui le
connaissent, mais ne savent le sanctifier; ces
protestants anglais, ces infidèles du Japon et ces
noirs de l'Arabie. Mon compagnon du Su-Tchuen
a pu célébrer la sainte messe et nous communier;
ç'a été beaucoup, mais pas assez pour m'empêcher de désirer d'être petit berger dans nos pays;
au moins j'aurais entendu les cloches, j'aurais vu
les fidèles longeant les côtes pour se rendre à

l'église, et je me serais associé de cœur à toutes
les touchantes cérémonies de la religion.

18 *août*. — Nous approchons de Syngapore,
ville de la Malaisie et le premier de nos vicariats
apostoliques que l'on trouve dans la traversée
jusqu'au Japon. Nous nous réjouissions dans la
pensée que nous allions embrasser les premiers
missionnaires de notre congrégation ; mais
l'ancre ne fut pas sitôt jetée que défense fut faite
aux voyageurs de descendre. Le choléra sévissait
dans la ville. Les missionnaires ne tardèrent pas
d'arriver sur le port ; on ne put que leur envoyer
des poignées de main à travers l'espace, leur
parler à six mètres de distance, et les embrasser
comme je vous embrasse en ce moment, d'esprit
et de cœur. On ne reçut ni voyageurs ni marchandises, seulement du charbon pour aller plus loin.

Pendant les vingt-quatre heures passées devant
Syngapore arriva sur le rivage un marabout,
accompagné de ses femmes, au nombre de six :
il venait faire visite à quelques noirs et noires de
passages sur le navire. Comme la conversation
dura longtemps, nous eûmes le temps de bien
tout voir. Le marabout était grand et bel homme,

au teint basané ; ses femmes n'avaient de remarquable que leur accoutrement. Elles étaient enveloppées d'étoffes aux plus vives couleurs : l'une rouge, l'autre jaune, celle-ci bleue, celle-là blanche, puis aux pieds et aux mains des pierres précieuses et à chaque doigt des pieds, les orteils exceptés, était un anneau orné d'un rubis ; quatre pendants d'oreilles, l'un à l'européenne, l'autre fixé au sommet du pavillon de l'oreille ; ajoutez à cela des diamants, que l'une porte au front et une autre au bout du nez. C'est splendide, chacun en convient. Une question que se permet un indiscret, et sur laquelle on n'est pas d'accord, est de savoir si les frais d'ornementation ne l'emporteraient pas sur la valeur de l'objet. C'est ici que j'ai vu pour la première fois un procédé de transport tout-à-fait primitif. L'homme se charge à lui seul de tous les fardeaux et n'a pas encore poussé le progrès jusqu'à faire servir les bêtes de somme. Des hommes, gros, robustes, nu-pieds, nu-tête, ayant pour tout habillement un caleçon et munis d'une perche de deux mètres environ, attachent à cette perche toute espèce de charges, et les extrémités de cette perche posées sur les

épaules, ils s'en vont trottant continuellement.
Pauvre peuple! Quand donc nos locomotives
viendront-elles à ton secours !...

20 août. — De Syngapore nous voguons vers
Saïgon, capitale de la Cochinchine française. On
n'y arrive qu'après avoir quitté la mer pour
remonter pendant six heures un grand fleuve
nommé Micon. Un agent du gouvernement français, monté sur une petite barque, vient s'assurer
si l'on n'a pas communiqué avec Syngapore et
permettre, s'il y a lieu, de descendre à terre.
Aussitôt paraissent sur le bord les missionnaires
français de Saïgon. Quel bonheur de tomber dans
les bras de ces chers confrères, parmi lesquels
j'en retrouve que j'avais vus à Paris, entre autres
l'abbé Greset, de Gennes, parti quinze jours avant
moi. L'abbé Martin, de Besançon, m'avait prévenu
qu'il se trouverait ici à notre passage, mais il n'a
pu quitter sa paroisse. Mes confrères lui diront
combien il m'eût été agréable de revoir mon compatriote et mon ami, après tant d'années de séparation, et si loin de la patrie. Les professeurs du
collége et les missionnaires se disputaient à qui
nous donnerait l'hospitalité. Je trouvai pour lit un

treillis en rotin, sur ce treillis une natte, puis pour oreiller un sac dur comme une bûche de bois. J'envoyai le sac au fond de la chambre, et je pris mes deux souliers pour me servir de coussin. Bon, me dis-je, ici commence la vie de missionnaire. La nuit fut bonne, mais de grand matin les moustiques m'obligèrent à lever le camp. On dit le climat de cette province meurtrier. Environ le quart des soldats de la garnison meurent pendant leur séjour, et passent en grand nombre par l'hôpital, desservi par une trentaine de religieuses de la Sainte-Famille, fréquemment elles-mêmes victimes de leur dévouement.

V

DE SAÏGON A HAN-KÉOU.

23 août. — Je conserverai souvenir des côtes de la Cochinchine et du golfe du Tong-King : mer affreuse, balancement insupportable qui vous porte le sang à la tête, vous fait souffrir et vous ôte presque l'usage de la vue. La monotonie de cette pénible traversée n'a été tranchée que par un accident. Une fumée noire se dégageait lentement du milieu des caisses et des sacs de riz ; un incendie se déclarait. Aussitôt les marins d'ôter leurs habits, d'enlever les marchandises et d'amener l'eau. C'était de jour et on s'y était pris à temps ; heureusement, on en fut quitte pour la peur. Plus tard le vaisseau ralentit sa marche, il fallait contourner un certain nombre

de petites îles, des espèces d'îlots, les uns
rochers nus, les autres couverts de mousse ou de
quelque maigre végétation. Non loin de là est
l'île de Sancian, où mourut saint François Xavier,
et sur laquelle Mgr Guillemin a fait élever une
chapelle en l'honneur du saint apôtre. Malgré
notre grand désir, nous ne pouvons apercevoir
cette île chère à tout cœur de missionnaire, et
spécialement de missionnaires franc-comtois, à
cause de Mgr Guillemin, actuellement évêque de
ces parages.

27 *août*. — Nous sommes devant Hong-Kong,
où se trouve une procure des missions de Chine.
Déjà M. le procureur, sur sa barque, est à notre
rencontre; il nous fait le plus cordial accueil
et nous promet un jour de repos au milieu de
plusieurs confrères. Le lendemain nous étions à
préparer le départ quand arriva un contre-ordre.
Bonne nouvelle! un jour de plus de repos en compagnie d'excellents confrères, et l'occasion de voir
un peu mieux la ville de notre procure. Hong-
Kong appartient aux Anglais, qui y entretiennent
garnison. C'est une ville d'un aspect charmant,
placée en amphithéâtre sur une gracieuse colline

et bâtie partie à la chinoise, partie à l'européenne.
La population y a été amenée par le commerce,
et vient de toutes les parties de la terre. C'est un
amalgame de toutes les principales nations du
monde. Des Anglais, des Américains, des Chinois,
des Turcs y possèdent de splendides résidences.
Le commerce s'y maintient florissant et le port,
que l'on voit de tous les points de la cité, est considérable : vaisseaux de guerre, navires marchands, petites barques, jonques chinoises s'y
comptent par centaines.

28 *août*. — Je suis en repos sur la terre ferme,
après une bien longue traversée ; de plus c'est ma
fête, je veux dire la fête de mon patron, saint
Augustin, et le jour anniversaire de ma naissance
et de mon baptême. Tout m'invite à jeter un
regard en arrière. Il y a un an à pareil jour je
descendais de La Chaux à Orchamps, et j'étais près
de l'ancienne église des Fournets quand l'*Angelus*
du soir vint à sonner ; j'avançai près du coin de
terre qui fut autrefois le cimetière, je tombai à
genoux au pied de la vieille croix qui rappelle
l'ancienne église, je récitai l'*Angelus*, puis le *De
profundis*. Le silence de ce lieu désert, les ténèbres

de la nuit favorisaient mes réflexions. Ici les fidèles tes compatriotes ont trouvé le repos de la tombe pendant bien des générations? Là sont les ossements de tes ancêtres; il y a trente ans qu'on enterrait encore dans ce lieu. Ici, il y a trente-trois ans, je fus baptisé; un vénérable prêtre me fit enfant de l'Eglise! Cette cloche que j'entends est peut-être encore celle qui sonna à mon baptême? A tout cela vint se joindre la pensée de mon départ alors certain et dont le terme approchait. Vous dire combien j'eus le cœur gros en ce moment, c'est impossible. J'invoquai tous mes parents défunts, le saint prêtre qui m'avait baptisé, mes saints compatriotes dont les corps reposent en ce lieu; je les priai, ainsi que mon saint patron Augustin, de m'aider dans mon entreprise pour le salut des âmes. Dans un an, me disais-je, où serai-je? Aujourd'hui 28 août, je réponds : à Hong-Kong, de passage pour le Su-Tchuen, que la divine Providence t'a donné pour nouvelle patrie.

Des huit missionnaires que nous étions en partant de Marseille le premier est descendu à Ceylan, pour le Coïmbatour; quatre nous quittent à

Hong-Kong pour passer au Tong-King ; nous restons donc trois pour arriver à Chang-Haï. C'est ici qu'il nous faut changer d'uniforme, et ce n'est pas petite affaire que de s'équiper de toute cette chinoiserie ; rien n'y manque : culotte, robe, souliers en étoffe, parasol, pipe, blague à tabac, et, par-dessus le tout, la queue monumentale. Me laisserai-je raser toute la tête à l'exception de ce qui est strictement nécessaire pour m'adapter ce hideux supplément ? C'est ignoble ! Oh non, mon Dieu ! jamais je ne le souffrirais, si ce n'était pour votre gloire et le salut des âmes ! ...

1er *septembre.* — Notre traversée de Hong-Kong à Chang-Haï ne me laisse que le souvenir de l'éclat d'une chaudière de la machine à vapeur, qui a considérablement ralenti notre course, ainsi que d'un vent violent qui semblait s'acharner à nous disputer le passage. Chang-Haï est la dernière station des messageries françaises et nous offre encore l'abri d'une procure de nos missions. Quatre gros garçons chinois font le service de cette maison, les quatre sont chrétiens. Le soir je me plais à les entendre chanter leurs prières. Il y a un autre gardien, c'est une chienne d'Europe.

Chaque fois qu'un Européen arrive, cette pauvre bête lui fait des caresses à l'infini. Jamais elle n'aboie un Européen, quand même il est habillé en Chinois, tandis qu'elle voudrait dévorer les Chinois. Voyez jusqu'où va se loger le patriotisme !...

VI

ASCENSION DU FLEUVE BLEU.

LA PLAINE.

20 septembre. — Han-Kéou, ville chinoise pur
sang. Les missionnaires qui administrent cette
province sont des capucins italiens, qui nous ont
donné une cordiale hospitalité. Des religieuses y
tiennent un pensionnat. Dans cette ville du littoral
nous avons déjà un échantillon des mœurs chinoises. Les religieuses nous ont dit comment leur
arrivent leurs pensionnaires : la clochette sonne,
on présente un paquet, on détourne le linge qui
l'enveloppe : c'est un petit enfant. Le porteur dit :
Yoù poù yoù, « le veux-tu? le veux-tu? » et disparaît. Ceci me rappelle la façon dont les jambons
arrivent à MM. les curés de nos montagnes du

Doubs ; la chose ne se passe guère autrement. Ici, comme là, la charité est présente, mais non du même côté.

Adieu la vapeur : c'est le fleuve Bleu avec ses misérables barques. Il nous a fallu deux jours pour nous en procurer une avec quelques provisions de voyage. Nous voici enfin sur notre jonque. Notre apparition dans le port a attiré une foule de curieux. Quoique habillés en Chinois, nous sommes reconnus pour étrangers ; ma barbe rousse surtout les amuse : je les vois se frotter le menton en riant. Bref, nous nous dérobons à tous ces badauds en disparaissant dans la barque. Mais nous avons ici un triste avant-goût de ces Chinois, qui se croient le premier peuple du monde ; les barques qui stationnent sur le bord du fleuve sont innombrables. Un certain nombre y sont continuellement en résidence et contiennent chacune un ménage. Le père, la mère et quantité d'enfants sont entassés dans ces étroits réduits. L'eau ne circule guère entre ces barques très-rapprochées l'une de l'autre et reçoit toutes les immondices possibles. Ici les premiers éléments de la décence sont inconnus ; continuellement il y a sur le bord des barques des individus grands et petits en position de soulager la nature et d'enrichir les poissons du fleuve. Les cochons, qui pullulent dans le pays, sont partout, dans les appartements, dans les jardins, sur le bord de l'eau ou plutôt de la boue du fleuve, dans l'eau, cherchant pâture et rafraîchissement. Eh bien! cette eau jaunâtre, qui soulève le cœur à tout autre qu'à un Chinois, est la seule employée pour la cuisine?... Bah! nous sommes-nous dit : le feu purifie tout ; et nous avons soupé d'un médiocre appétit, que notre cuisinier n'est pas de nature à conforter. C'est un affreux Chinois, des plus laids qu'on puisse imaginer. Sa peau, qui a quelque chose de celle du crapaud, est couverte de rides, ou plutôt d'écailles. Sa lèvre inférieure, grosse et épaisse, traîne par l'effet de son poids, demeure à distance de sa compagne, recouvre et fait presque disparaître le menton. Le voyez-vous autour de sa casserole, une grosse pipe entre ses dents, qui ruissellent de sa bave, se mouchant avec ses doigts, expectorant à faire gonfler les flots? Comment voir tout cela et ne pas avoir appétit de la Chine et des Chinois! O mon bon Jésus, donnez du

cœur à vos pauvres missionnaires ! La nuit arrive
enfin ; il faut se coucher. Nous étendons nos
nattes et nous dessus, mais impossible d'allonger
les jambes, la hutte est trop courte. N'oser de
jour se tenir debout, ne pouvoir s'étendre de nuit,
quelle position ! Mais voici bien autre chose : le
maître de la barque, en nous la livrant, a bien
emmené son ménage, mais pas tout son bétail.
Tout court, saute et cherche pâture, puces, moustiques, rats et scorpions. Pas possible de fermer
l'œil. Enfin le jour paraît, on tend la voile, un
léger vent nous pousse dans la bonne direction,
c'est en ce moment que je vous trace ces lignes.
Une malle me sert de chaise, une caisse est mon
bureau ; tout irait bien si la fumée de la cuisine
ne venait me remplir les yeux et m'arracher des
larmes. Je jetterais bien à l'eau casserole et cuisinier, mais quelle avance ? puisque tant est qu'il
faut dîner.

A midi, nous touchons à une petite île, et les
rameurs déclarent qu'ils n'iront pas plus loin d'ici
à demain matin. C'est le destin, que faire ? Que
faire surtout dans cette barque jusqu'au soir ? Je
propose à mon confrère de nous avancer dans

l'intérieur de l'île, mais je vois qu'il ne goûte pas mon avis; j'avance seul, muni de ma lunette d'approche. J'arrive au sommet d'une petite montagne d'où l'on découvre le pourtour de l'île, et par ci par là des habitations d'une assez belle apparence. J'aborde le premier habitant qui se présente et je lui demande s'il y a des missionnaires au milieu d'eux. Il ne sait pas de quoi je lui parle; je lui propose de regarder dans ma lunette. D'autres Chinois arrivaient débouchant de tous les côtés, enfants, jeunes gens, vieillards; en un instant, je me vois environné d'une cinquantaine d'individus qui voudraient tous essayer de l'instrument. Ils voient des villages qu'ils ne connaissaient pas, des montagnes lointaines venir se placer à peu de distance; les voilà dans l'admiration, ils rient aux éclats, frappent des mains, ne savent comment exprimer leur surprise et leur joie. Ils s'apprêtaient à m'accompagner tous jusqu'à la barque; heureusement qu'un vieillard, qui leur parlait d'un ton impératif, en entraîna un bon nombre après lui. Il n'y en eut qu'une vingtaine qui s'acharnèrent à me suivre, mais avec des allures peu bienveillantes.

Peut-être me prenaient-ils pour un sorcier, un espion. Pauvres gens ! j'aurais voulu demeurer au milieu d'eux pour leur parler de Dieu, de la religion, leur faire comprendre que leurs bouddahs ne sont que des dieux de bois ou de métal. A la tombée de la nuit j'étais remonté sur la barque, quand une pierre lancée du rivage vint raser la tête de mon confrère : c'était leur salut d'adieu ; quand je voulus sortir, toute la bande avait disparu et je pus circuler à mon aise. Le ciel était magnifique, la lune éclairait suffisamment le sentier qui longeait le fleuve. Je me promenai jusqu'à dix heures, fumant ma pipe absolument comme un bourgeois dans sa propriété ; personne ne me disputait le terrain, si ce n'est quelques cochons qui se trouvaient étendus sur mon passage et qui, mécontents d'être dérangés, grognaient en prenant le large. Quand on est à cinq mille lieues de sa patrie, au milieu des peuples infidèles, que de réflexions se présentent à l'esprit ! Le souvenir de ses parents, de ses amis inonde le cœur. Qu'on aimerait à les revoir ! à goûter les charmes de la famille ! Mais la pensée de tant d'âmes qui ne connaissent pas

3.

leur Créateur, le désir de leur apprendre le bienfait de la rédemption, de leur parler de Jésus et
de sa divine Mère vous fait supporter les plus
grands sacrifices.

Encore aujourd'hui, nous nous arrêtons au
bord d'une île. Il est quatre heures de l'après-
midi, nous avons le temps de détendre nos
pauvres jambes en explorant un peu le pays.
Nous arrivons à une espèce de village ; mais quel
village ! Des cabanes en paille, des huttes, des
masures, pas vestige de fenêtres, et quelles rues
sales et étroites ! A notre approche, les femmes
fuient ; en revanche, les enfants et les hommes
nous suivent en foule ; plus de trois cents curieux
nous accompagnent à notre retour et demeurent
sur le rivage. Indignés, nous murmurions : Im-
béciles, tas de sauvages, sommes-nous donc des
bêtes curieuses ? Ne sachant que faire pour nous
débarrasser, je prends ma valise et la porte sur le
bout de la barque, ce mouvement brusque suffit
pour éloigner les moins insolents ; puis, la plume
à la main, je fixai d'abord les enfants, qui se
cachèrent derrière les grands ; puis je fixai ceux-ci,
qui me tournèrent le dos, excepté une vingtaine

qui ne lachèrent pas pied. Imprudent que j'étais !
Je n'avais pas prévu les conséquences de ce stra-
tagème. Ces manants restèrent convaincus que
j'avais lancé quelque sortilége sur eux et leur
pays. Des menaces se faisaient entendre ; nos
rameurs effrayés nous demandèrent si nous
avions des armes à feu ; en voyant mon fusil-
canne, ils se rassurèrent et voulurent prouver
que nous étions armés ; sur leur instance, je
tirai un coup ; un rameur fit une seconde
décharge, et là-dessus on pensa pouvoir dormir
tranquille. Vers minuit, un coup de fusil se
fit entendre dans le voisinage ; je crus que
c'était le signal de l'attaque, mais ce n'était que
l'annonce de l'arrivée d'une barque. De grand matin la voile fut déployée et nous prîmes le large.

21 *septembre*. — Dimanche et fête de saint
Matthieu. Pas de messe, pas d'exercices de religion ; que c'est triste ! Il était nuit quand nous
abordâmes au port d'un gros village. La nuit,
pensai-je, tous les chats sont gris, les Chinois ne
reconnaîtront pas le diable d'Europe (c'est ainsi
qu'on nous appelle). Je m'avançai donc à travers
des rues étroites, coudoyant beaucoup de monde,

et je finis par arriver dans une prairie déserte et silencieuse. Que j'étais bien pour prier ! J'y demeurai jusqu'à dix heures ; j'y fis le chemin de la croix devant mon crucifix, indulgencié à cet effet. C'était l'heure des vêpres dans notre chère France ; vraie consolation d'unir ses prières, même de si loin, à celles de ses compatriotes !

22 *septembre.* — Le vent s'obstine à être défavorable, malgré les superstitions des rameurs, qui brûlent des pétards, allument des torches et font force génuflexions aux quatre points cardinaux. Rien n'y fait ; le seul moyen, c'est la lutte par la corde, la rame et la perche. Pauvres Chinois, vous avez bien des maux ! mais pourquoi êtes-vous si stupides ? Que ne brisez-vous avec vos routines ? Ces arbres inutiles le long de ce bord, que ne les coupez-vous ? Vous ne seriez pas obligés de descendre dans l'eau pour les contourner. Vous avez des buffles qui paissent en liberté, que ne les attelez-vous à ces cordes ? Vous ne vous donnez pas de voiture, pas même une brouette ; vous faites à dos tous vos transports, on ne peut vous plaindre ; encore une fois, pourquoi être si stupides !

25 *septembre*. — Nous arrivons à la grande
ville de Kine-Kéfou, terme de notre première
embarcation sur le fleuve Bleu. Des Pères capucins, chargés de la mission en cette province,
nous reçoivent avec un cœur de saint François,
mettent à notre disposition tout ce qu'ils possèdent et vont jusqu'à nous faire accepter à
chacun un petit verre de vin de messe pour nous
remettre, disent-ils, la France en mémoire. Après
deux jours passés avec ces bons compatriotes
d'Europe, nous nous rendons au port, dans le but
de nous aboucher avec des barquetiers pour un
nouveau marché. Cette fois, ce sont des marchands du Su-Tchuen qui s'engagent à nous
transporter dans cette province. La barque est
remplie de marchandises; seize rameurs, tous
païens et presque nus, font le service, et de nuit
la barque sert de lit à tous les passagers. Nous
voici franchement au régime chinois : le riz remplace le pain, le thé sert de vin; en place des
fourchettes, ce sont les bâtonnets. Notre mala-
dresse à nous en servir fait rire nos Chinois. C'est
le moindre mal ; un inconvénient plus sérieux est
celui que présente l'usage de la monnaie du

pays : les sapèques. La sapèque est en métal et égale presque le sou en poids et en volume, mais il en faut de dix à douze pour la valeur d'un sou. Ces sapèques, percées vers le milieu, s'enchaînent et forment la ligature qui vaut 1,000 sapèques ou 5 francs. L'argent est en morceaux de la forme et de la grosseur de la moitié d'un œuf. On prend à ces morceaux au moyen d'un gros couteau, on pèse ce qui a été coupé, et s'il dépasse la valeur de la marchandise, on rend le surplus en sapèques. Jugez si c'est commode!...

1er *octobre.* — Nous allons d'une lenteur à mettre à bout la patience des plus malins. Hier, parce qu'il tombait une espèce de brouillard, nous n'avons pas avancé d'un pas. Grand nombre de barques sur le fleuve ; les bateliers crient à fendre les oreilles, s'insultent à tout moment, on dirait qu'ils vont se dévorer, mais ils ne se battent jamais qu'à coup de langue.

7 *octobre.* — Nous arrivons au port d'une grande ville appelée Y-Chang-Fou, toujours dans la province de Hou-Pé. Un prêtre chinois qui parle français, fixé dans cette ville depuis trois mois et prévenu de notre passage, vient à notre

rencontre. Jamais dans cette ville on n'avait vu
d'Européens. Voici que la foule nous environne,
et, à mesure que nous avançons, les curieux
augmentent d'une manière effrayante. Les rues
en étaient remplies. On criait : les diables d'Europe, ils ont de longues jambes, de longues
jambes! ils ont de grands nez, de grands nez!
La maison dans laquelle nous entrons demeure
assiégée par la foule, qui menace de pénétrer.
Heureusement qu'un domestique s'avise de dire
qu'il y a d'autres Européens sur les barques. Les
curieux se précipitent à toutes jambes vers le
port et nous sommes un peu débarrassés. Le
lendemain, le prêtre chinois reçut force visites, qui
en réalité n'étaient pas à son adresse. Il fallut
payer de nos personnes, et comme nous tenions
à ne pas passer pour de vrais diables, nous nous
présentions de la meilleure grâce possible. Parmi
ces visiteurs se trouva un banquier, qui nous
pressa vivement d'accepter le thé dans sa maison.
Comme notre hôte ne tenait pas à nous voir sortir
de jour, il nous engagea pour la soirée. C'était
fête de la lune; le soir, grande illumination.
Quelle illumination! Grand Dieu! si c'est ainsi

qu'on illumine en Asie, le schah de Perse a dû
être content des Parisiens. Comme, malgré la fête
de la lune, on ne pouvait pas distinguer les Européens, nous pûmes jouir à notre aise de cette
piteuse illumination, voir et plaindre de tout cœur
ces pauvres idolâtres encore en si grand nombre,
puisque cette ville en est encore toute remplie.
Nous arrivons enfin chez notre banquier, riche,
petit de corps, curieux, vrai Zachée. Nous sommes
reçus avec toute la politesse d'usage. On nous
offre à souper, mais impossible d'accepter; nous
nous contentons de la pipe et de la tasse de thé.
Dans les sentiments de ma reconnaissance, combien je désirais pouvoir dire comme mon divin
Maître dans une circonstance que notre petit banquier me remet en mémoire : *Hodie salus domui
huic facta est;* « aujourd'hui le salut est entré en
cette maison! » Puisse notre bon Jésus exaucer
ma prière !

Le lendemain il fallait regagner la barque,
mais notre hôte eut la bonne précaution de faire
venir des porteurs, qui, nous enfermant dans des
palanquins, nous délivrèrent de la cohue qui n'aurait pas manqué de se faire sur notre passage.

VII

ASCENSION DU FLEUVE BLEU.

LES MONTAGNES.

8 *octobre*. — Notre voyage devient dangereux ; les courants sont rapides ; vingt tireurs sont à la corde ; une barque vient d'être lâchée : en dix minutes, elle a perdu l'espace parcouru en cinq heures.

9 *octobre*. — Ce ne sont plus des plaines à perte de vue, ni d'immenses terrains couverts de roseaux ; nous trouvons le fleuve Bleu encaissé dans des gorges étroites, bordées de montagnes et de rochers à pic, et son lit, par endroit, présente des rochers saillants qu'il faut tourner avec précaution, ayant au-dessus de nos têtes un horizon à peine plus large que le fleuve. Ah ! si ces montagnes venaient à se joindre, comme nous serions

richement ensevelis ! Une barque vient d'être em-
portée ; elle s'en va couchée sur son flanc, et deux
hommes y sont cramponnés, criant au secours.
Que sont devenus les autres passagers ? On ne
voit plus rien. Un peu plus loin, une autre barque
est culbutée à nos côtés ; il n'y a pas de noyés,
mais les marchandises flottent sur le courant ; on
s'efforce de sauver les plus rapprochées du bord,
mais de grosses balles de coton partent pour
l'Océan. Je ne vous dirai rien d'une troisième
embarcation, dont il ne reste que la carcasse.
Voyage épouvantable ! il faut ne l'avoir jamais
fait pour oser l'entreprendre.

10 *octobre*. — Toujours des courants effrayants ;
heureusement que l'on rencontre des hommes
qui ont pour métier de renforcer les tireurs. De
quatre-vingt-dix à cent hommes ont tiré pendant
deux heures pour faire trois cents mètres.

13 *octobre*. — La journée d'hier n'a pas été
heureuse : c'était notre tour de dégringoler. La
corde s'est brisée, et dix minutes ont suffi pour
nous rejeter à deux kilomètres. De plus, vers le
soir, notre barque, donnant contre un rocher, est
revenue plus violemment sur un autre. Tout a

été ébranlé, tout a craqué ; les tireurs trop faibles commençaient à lâcher, en ce moment l'un d'eux saute à l'eau, atteint un rocher, et au moyen d'un crochet fixe la barque pendant quelques secondes. Quelques hommes courent au secours et parviennent à la retenir. Le gouvernail seul était brisé ; on passa une partie de la nuit à le réparer.

14 *octobre.* — Encore les courants et les rochers. Vers les neuf heures du matin, nous heurtons fortement ; les deux cordes se brisent à la fois ; les crochets, encore appliqués à temps, nous sauvent. Mais voici un autre péril : un flanc de la barque s'est ouvert, l'eau entre à gros bouillons et nous enfonçons à vue d'œil. On se hâte d'appliquer des couvertures pour arrêter l'eau, on enlève les bagages, et quand on a radoubé la pauvre nacelle, on essaie de nouveau d'affronter les vagues écumantes.

15 *octobre.* — Encore des barques emportées, qui menacent de nous emporter nous-mêmes.

18 *octobre.*—Distance parcourue, un kilomètre.

19 *octobre.* — Même lenteur ; ces paresseux ne méritent pas de voir la lumière du jour.

20 *octobre.* — Vers le soir, nous sommes jetés

sur un rocher ; la barque est fissurée en plusieurs
endroits et fait eau de toute part ; nous coulons à
vue d'œil ; impossible d'aller à terre ; les rochers
du bord sont à pic et ont plus de douze mètres de
hauteur. Il faudrait décharger, jeter aux flots les
marchandises, mais les Chinois aiment autant
mourir que de les perdre. L'instinct de sauver ma
vie me donna une idée : quand la barque aura
coulé, me dis-je, le mât devra dépasser l'eau, tu
grimperas sur cette perche de salut. Mais ayant
remarqué ensuite contre le rocher un endroit où
je pourrais me cramponner des deux mains, je
m'arrêtai à ce dernier plan, et j'attendais le moment suprême, quand, par la protection, je pense,
de la sainte Vierge, que nous invoquions de tout
cœur, l'abbé Décomps et moi, nous fûmes sauvés.
Une barque vide descendait le fleuve avec la ra-
pidité de la vapeur, et cependant, au premier cri
de détresse, elle nous arriva. On transborde les
marchandises et notre patraque se relève. Le soir,
nous deux mon bon confrère, nous étions bien
tristes, bien abattus ; nos rameurs se disputaient,
la pluie tombait en abondance ; nous aurions volontiers chanté : *Super flumina Babylonis sedi-*

mus et flevimus, « sur les fleuves de Babylone » nous sommes assis et nous pleurons. » Pour nous refaire le cœur, nous nous disposions à boire un peu de cognac; nous allons à notre petit flacon, mais il était vide ; nos Chinois avaient jugé à propos de s'adjuger le contenu, et je pense l'avoir dit sans jugement téméraire.

Nous n'avions pour toute ressource que nos pipes; fumer, c'était le cas. Mais aussi le moyen de boire à nos santés!... Le bon Dieu encore y pourvut; quand nos pipes sont allumées, nous les prenons chacun de la main droite, et nous choquons gaiement au cri de vive la France! La joie était revenue au cœur, mais un peu de chaleur à l'estomac n'aurait pas été de trop.

23 *octobre*. — Koui-Fou, première ville du Su-Tchuen que nous trouvons en remontant le fleuve Bleu. En arrivant dans cette première résidence des Pères de notre compagnie, nous apprenons qu'un missionnaire, M. Hue, et un prêtre chinois viennent d'être massacrés dans le district où fut mis à mort le P. Rigaud, d'Arc-et-Senans, en 1868. C'est de bon augure : nous voici juste à temps pour remplacer ces deux martyrs; mais il

nous reste encore au moins trois semaines de navigation avant d'arriver chez Mgr Desflèches, notre évêque.

24 octobre. — Nous avions trouvé chez notre confrère de Koui-Fou deux Anglais, un consul de cette nation en Chine et un négociant établi à Han-Kéou. Ces deux Messieurs voyageaient pour leurs plaisirs, et, payant largement, ils s'attendaient à aller beaucoup plus vite que nous : mais rien ne fait sur la lâcheté des Chinois. Ces voyageurs ne nous devancent pas, quand même ils donnent 1,400 francs, tandis que nous ne donnons que 200 francs pour le même trajet.

27 octobre. — Le consul anglais nous a fait visite sur notre barque et nous a invité à dîner sur la sienne. Jugez si nous acceptons de bon cœur. Bonne aventure ! quatre Européens réunis sur le fleuve Bleu. Et pendant que nos barques vont de l'avant, nous sommes à festoyer de la meilleure façon avec des mets venus des quatre coins du monde : vin de Champagne, pâté d'Angleterre, fromage américain, pain à la française et cigares de Manille ; tout cela nous est servi par nos nouveaux amis au centre de la Chine, et une partie de jeu de cartes termine ce bel épisode de notre voyage.

28 *octobre*. — Voici du curieux : le long d'un bord du fleuve, deux grottes, distantes de deux kilomètres environ, renferment chacune plus de sept cents à huit cents dieux chinois. Petits et grands sont grossièrement bâtis : joues pendantes, membres disproportionnés, corps affreusement faits ; les uns sont assis, d'autres debout ; ceux-ci font des contorsions ; ceux-là, mollement étendus, donnent à leurs adorateurs l'exemple de l'indolence et de la paresse. Quelles absurdités le démon, cet esprit de ténèbres, impose à ces pauvres peuples ! Un certain nombre de bonzes servent ces divinités, mais avec peu de zèle ; les pagodes sont sales, les bouddahs sont sales, les prêtres pauvres et sales ; il y a plus de douze ans, m'ont dit nos rameurs, une inondation renversa les murs qui fermaient l'ouverture des grottes, et ces murs sont encore en ruines.

1er *novembre*. — Rien pour me rappeler la solennité de la Toussaint, rien que l'office du Bréviaire. Que la journée m'a paru longue ! plus longue qu'une semaine tout entière !

2 novembre. — Nos poltrons ne veulent pas encore avancer aujourd'hui ; il faut de la résignation, résignation forcée, que j'offre à Dieu pour la conversion des infidèles et le soulagement des âmes du purgatoire. Dans ma chère Comté, on prie pour les défunts ; les cloches proclament bien haut l'immortalité de ceux qui dorment dans le Seigneur. Ne pouvant offrir le saint sacrifice de la messe pour mes chers parents, j'ai passé ma journée à réciter des prières. Puisse le bon Dieu exaucer mes supplications, agréer le chagrin de mon cœur, en faveur de mes bons parents vivants et défunts. Que n'entends-je le son des cloches ! Oh ! que leur harmonie lugubre irait bien à mon âme attristée !

5 novembre. — Nouvelle infortune ; la barque donne par son fond sur des rochers, se brise et demeure immobile, mais submergée.

Nous voici réfugiés sur des ballots de marchandises remplis d'eau, et la nuit approche, et le vent est froid. Si au moins nous étions sur un terrain sec ! Nous nous confions à une barquette, et nous nous dirigeons vers le rivage le plus rapproché, une île d'environ deux hectares. Pas une maison

dans cette île, pas un brin d'herbe, des rochers
nus, et pas un d'eux disposé à nous abriter un
peu. Dans la soirée, heureusement, le ciel était
devenu beau et le vent supportable; nous pûmes
nous figurer que nous étions dans une chambre
à coucher; notre bois de lit étaient les rochers,
nos rideaux la voûte du ciel, la lune nous servait
de chandelle. Nous étendîmes sur nos nattes nos
membres fatigués, et vers les neuf heures, le
sommeil, aidé du bruit des flots, s'emparait de nos
paupières. Pendant la nuit, nos rameurs avaient
fini par trouver une barque vide, avaient trans-
bordé leurs marchandises, et, à notre grande surprise, se trouvaient le matin prêts pour le départ.

8 *novembre*. — Ouk-Chéou, résidence d'un
prêtre chinois. Le confrère est en visite de ses
chrétiens, mais son domestique nous reçoit avec
empressement. Il nous est donné là deux jours de
repos et le bonheur de célébrer la sainte messe,
dont nous étions privés depuis plus de quinze
jours. Pour notre départ, notre hôte jugea prudent de nous faire porter en palanquin, ce qui
n'empêcha pas la foule de se rassembler et de
nous suivre. De temps en temps les mots : Kouïtz,

4

kouïtz (des diables, des diables!), arrivaient à nos
oreilles. Enfin nous voici installés sur la qua-
trième barque depuis que nous voguons sur ce
malheureux fleuve.

13 novembre. — Fou-Tchéou, grande ville. On
nous dit, pour nous encourager, que d'ici à
Tong-King, résidence de notre évêque, il n'y a
plus que trois cents lies, c'est-à-dire trente lieues,
ce qui équivaut à six jours de voyage.

20 novembre. — Voici huit jours que je n'ai
pris la plume, fatigué que je suis de ne noter
que des avanies, des misères. C'est déjà bien
assez de les souffrir. Sur le fleuve Bleu, quand
on ne se noie pas tout-à-fait, on plonge à moitié,
et quand on ne s'assomme pas d'un seul coup, on
emporte des égratignures. Pensez donc, deux
mois sur ces misérables barques, avec ces malheureux Chinois! Tantôt immobiles, sans pouvoir
avancer d'un pas, tantôt avançant de trois kilomètres pour en perdre autant un instant après.
Danger sur l'eau, danger sur terre, ennui et misères toujours! Quel début pour le ministère en
Chine! Comment y tenir, si le bon Dieu n'était
pas au cœur de son missionnaire ?

VIII

ARRIVÉE A LA VILLE DE TONG-KING.

22 novembre. — Tong-King, chef-lieu de mon
Su-Tchuen et résidence de notre évêque, Mgr Desflèches. C'est le but vers lequel je soupirais, et
que j'atteins enfin, après une si longue pérégri-
nation. Maintenant j'ai une patrie, mon Su-
Tchuen; un père, mon excellent évêque. Il ne me
manque plus que des enfants, c'est-à-dire des
Chinois, dont le salut me soit spécialement confié.
Mais avant tout, il faut que je puisse leur parler;
c'est pour annoncer la parole de Dieu que je suis
venu, et c'est pour m'initier à la connaissance de
cette langue que Monseigneur veut bien me
laisser quelque temps chez lui, de cette langue
que les missionnaires disent inventée par l'enfer
tant elle est étrange et difficile. Grâce à Dieu, la

mémoire ne me fait pas défaut, et jusqu'ici la bonne volonté non plus ; donc, de tout cœur au chinois.

1er *décembre*. — Tong-King, chef-lieu de notre mission, est une grande ville qui renferme environ trois mille chrétiens. Les conversions y sont nombreuses, malgré l'ardeur des mandarins à les empêcher. Depuis quelques années, plus de treize cents pauvres sont devenus chrétiens, mais en secret, parce que les païens qui sont riches refusent l'ouvrage à un ouvrier chrétien. C'est le genre de persécution adopté par les mandarins, toujours ennemis implacables des missionnaires et des chrétiens. Parmi ces derniers se distingue une famille, au milieu de laquelle je suis chargé d'aller, chaque dimanche, dire la sainte messe. Cette famille, chrétienne depuis plus de deux siècles, se compose actuellement de quarante-huit membres : père, fils, petit-fils, arrière-petits-fils. Quatre générations sous le même toit ne forment qu'un ménage. Les brus à divers degrés sont dans leur appartement, et la marmaille est aux jeux. L'arrière-grand-père, qui n'a encore que soixante-quatre ans, a, à lui seul, toute l'autorité, qui est admirablement respectée. Une faute un peu notable est sévèrement punie, quel qu'en soit l'auteur. L'on a vu un homme de quarante-deux ans, marié depuis vingt ans, se soumettre au châtiment de la verge, puis se prosterner trois fois devant le chef de la famille qui venait d'administrer la correction. Aussi la paix règne dans cette famille riche et vraiment chrétienne. Elle a appris, il y a longtemps, d'un missionnaire, le secret de séparer l'or de l'argent, industrie dont elle a le monopole, et qui lui est très-avantageux, car l'or est rare en Chine et a une valeur six fois plus grande qu'en France. Cette famille joint à cela un commerce très-étendu et jouit, quoique chrétienne, d'une grande considération aux yeux des païens.

7 décembre. — J'ai fait visite à un malade, un missionnaire français, en Chine depuis quarante ans. Ce bon et saint vieillard m'a dit ce qu'il répète depuis longtemps à tout nouveau-venu comme pour l'encourager : *Je commence à m'habituer au pays.*

11 décembre. — Quelle chance! Mon abonnement à l'*Union franc-comtoise* me suit jusqu'au

4*

Su-Tchuen ; il m'arrive un numéro du 20 septembre. Des nouvelles pas encore bien vieilles à 5,000 lieues de distance ! Il est donc possible que, d'ici à Besançon, mon journal soit semé sur bien des coins du globe, et que la vapeur, les voiles, les rames, les piétons, tous m'en apportent en ce moment.

14 *décembre*. — Je viens de débuter dans le saint ministère. Sa Grandeur m'a envoyé administrer un malade, un latiniste, se mourant de la poitrine à neuf lieues d'ici. Parti le matin à travers champs, rizières et montagnes, je n'arrivai que le soir chez ces pauvres chrétiens. Avec quel empressement, avec quelle joie ils me reçurent ! Depuis six mois ils n'avaient pas vu de prêtre. En voyant leur bonheur, j'étais heureux moi-même, et je ne trouvais pas que c'était trop d'être venu de l'Europe procurer à ces braves gens ce jour de fête et de réjouissance. Le lendemain, une trentaine de personnes assistaient à ma messe ; quelle piété, quelle ferveur dans ces âmes qui vivent au milieu des païens !

Mon retour se fit par un autre chemin ; vers le milieu du trajet, la faim m'obligea d'entrer dans une auberge. Je trouvai une bourgeoise aux petits pieds assise sur ses talons, appuyée le dos contre le mur et occupée à remuer le riz et à chauffer le thé. Une vingtaine de Chinois absorbaient du riz à qui mieux mieux ; une mère poule traînant toute sa famille, l'invitait à ramasser les grains qui tombaient des tables ; mais une famille d'une plus grosse espèce passait et repassait aussi sous les tables : sept à huit porcs de tous les calibres circulaient, sans aucune offense, à travers cette salle à manger. Heureusement que mon appétit était à toute épreuve ! On me servit du riz et un certain fromage fait avec une espèce de plante d'un aspect et d'un goût vraiment redoutable : c'est tout, plus une tasse de thé. Mais le prix fut aussi modeste : pour quatre sous j'avais rempli mon estomac, qui semblait me dire : Eh bien, missionnaire, que dis-tu du régime ? Je lui répondais : On s'y fera, et puis n'est-ce pas pour Jésus, qui a choisi l'étable de Bethléem et le fiel du Calvaire. Après six heures de marche, j'atteignis le fleuve Bleu, que je remontai sur une petite barque jusqu'à Tong-King.

27 *décembre.* — Voici que je reçois déjà une

destination. Monseigneur m'envoie remplacer un missionnaire malade. C'est à plus de sept jours de marche, et je ne sais de la langue qu'à peine assez pour demander le strict nécessaire. Que faire? Obéir; le bon Dieu fera le reste, c'est-à-dire tout. Comme les hommes ne sont ni rares, ni chers dans ce pays, on en met sept à ma disposition : trois me porteront en chaise, trois seront chargés de mes effets, le septième aura le soin de mes sapèques, et ce ne sera pas le plus fatigué. Une fois en route, ce qui me gêne le plus, c'est ma dignité chinoise, qui exige que je trône sur un palanquin. Mais je me moque souvent d'elle, et d'un village à l'autre je ne manque pas d'aller à pied, tant pour ma satisfaction que pour celle de mes pauvres baudets. Nous faisons une dizaine de lieues par jour, et nous passons les nuits dans de bien misérables auberges ; dans l'une d'elles, j'avais sous mon lit un creux de purin, dans une autre, le toit percé laissait libre passage aux flocons de neige, qui venaient se poser paisiblement sur ma couche. La table était à l'unisson et n'offrait que le riz sempiternel et le thé, qui n'est guère que de l'eau chaude. Vers le milieu du voyage, je sentais mes forces m'abandonner; mais ce jour-là, heureusement, je fus reçu par un confrère du Su-Tchuen occidental, qui est du diocèse de Belley ; nous pûmes nous dire compatriotes, et la bien sincère fraternité avec laquelle il m'accueillit releva mon courage et mes forces. Un autre jour, vers les deux heures de l'après-midi, l'on en était au riz, et l'appétit n'était pas fort ; voilà que la pensée de ce que j'avais quitté me vint à l'esprit, et commençait à me tourmenter. Pour faire diversion, je jetai les yeux sur les hommes qui portaient ma chaise et mes effets : ces pauvres païens étaient contents, joyeux. Comment, me dis-je, ces hommes chargés, fatigués, se contentent de quelques écuellées de riz, et toi, qui es porté sur leurs épaules, tu serais plus difficile ! toi disciple de la croix ! toi missionnaire! Ce fut assez pour assaisonner mon dîner.

IX

SÉJOUR A HIANG-PAÖ-TANG.

1874. — 5 *janvier*. — Hiang-Paö-Tang. — Le missionnaire malade que je remplace à ce poste est parti pour Tong-King. La maison qú'il me laisse et qui appartient à la mission est bordée de rochers à pic, et posée sur une colline très-élevée, dont le sommet est couvert de chênes et de cyprès. C'est une vraie forteresse, qui domine les maisons des chrétiens et des païens dispersées dans la vallée et sur les monts des alentours. J'ai sous mon toit une famille chrétienne; l'homme va acheter les vivres, la femme prépare les repas, le gamin vient allumer ma pipe et un latiniste m'apprend la langue. J'ai tous les jours des chrétiens à ma messe, et ils y assistent en grand nombre le dimanche. Je puis de plus administrer les sacrements dans le cas de nécessité, c'est là le but accidentel que Monseigneur s'est proposé en m'envoyant ici; mais ma tache principale est d'apprendre la langue, ce qui n'est pas facile, ni attrayant. D'abord les livres chinois commencent par la fin et suivent des lignes, non pas horizontales, mais verticales. Exemple :

etc.	que	que	que	Notre
	votre	votre	votre	Père,
	volonté	règne	nom	qui
	soit	arrive,	soit	êtes
	faite,		sanctifié,	aux
				cieux,

Ensuite tout consiste à distinguer les divers tons; heureux celui qui, à la mémoire, joint une oreille musicale. Quantité de mots écrits de la même manière diffèrent quant au sens, par la prononciation ou l'inflexion de la voix. Deux exemples :

Toûg,	Orient.	Paô,	envelopper.
Toùg,	comprendre.	Paô,	défendre.
Tóug,	toucher.	Páo,	annoncer.
Tòug,	communiquer.	Páô,	lancer.
Toûg,	âme.	Páô,	courir.
Tóug,	avoir de la douleur.	Pàô,	canon.

Il en est de même pour une quantité de mots ; l'essentiel est de bien saisir le ton, et de prononcer ni trop haut, ni trop bas, ni trop vite, ni trop lentement ; l'usage seul peut familiariser avec ces nombreuses modifications. Il est plus facile de parler que de comprendre celui qui parle ; ce n'est guère qu'après une dizaine d'années qu'un missionnaire comprend la langue comme un Chinois, tandis que souvent après six ou sept ans il parle sans être reconnu comme étranger. Pour le moment, je suis volontiers de l'avis d'un missionnaire qui me disait que la langue chinoise a été inventée par le diable pour empêcher le prêtre de troubler son règne dans ces contrées. Il faut de la patience, me répétait sans cesse notre évêque. Moi si vif, si impatient, emboîter le pas de la lenteur chinoise en toutes choses ? Est-ce possible ? Manger du riz cuit à l'eau, on s'y fait ; avaler du thé qui n'est guère que de l'eau chaude, cela va encore ; dormir sur la planche, on s'y habitue ; mais subir cette lenteur chinoise ?... Allons, il faut l'espérer, le temps adoucira tout cela. En attendant, patience, patience ! c'est le refrain de l'évêque. Quand j'ai assez rabâché les phrases chinoises, et que je suis fatigué, je me donne une distraction utile et agréable, grâce à mon fusil-canne et à la liberté complète de la chasse qui règne dans le pays. Le gibier est abondant et je puis ajouter de la viande à mon ordinaire chinois. Geais, grives, tourterelles et perdrix sont nombreux et d'un facile abord; hier, mon latiniste a tué cinq grives d'un coup. Aujourd'hui on est venu m'avertir que deux faisans étaient dans le champ voisin; j'y suis allé; mais, les gredins! ils m'ont, je pense, reconnu pour Français, je n'ai pu les approcher.

D'autres fois je me plais à monter au haut de ma forteresse, et, assis sur un rocher, à l'ombre d'un cyprès, je lâche le frein à mon imagination et m'abandonne à mes rêveries. Par exemple : un jour, voyant le soleil baisser du côté de la France; je disais : en Chine, il est deux choses que j'aime : le bon Dieu et le soleil. Dieu est de tous les lieux, de tous les temps, toujours miséricordieux et favorable à celui qui l'invoque. Mais Jésus-Christ, Dieu fait homme, n'est-il pas plus Français que Chinois? En France, il est aimé, adoré par tant d'âmes généreuses qui savent

5

s'abstenir, se priver, afin d'avoir plus à donner à
Dieu et à leurs frères, et puis serait-il comme ici,
si des Français n'y venaient apporter son saint
nom et y prêcher sa loi?

Le soleil! Cet astre envoie sa lumière aux nations, et parce qu'il éclaire ma patrie je l'aime
plus que les monts et les fleuves de cet empire.
Ah! si au moins les païens connaissaient l'Auteur
de ce ravissant flambeau de l'univers!... Quand
je le vois descendre majestueusement et disparaître derrière nos montagnes, je lui dis : Adieu,
grand messager de la terre, va éclairer la France
et ma chère Comté, porte-leur tes bienfaits ; demain, quand tu reviendras, je serai plus joyeux,
parce que tu auras réchauffé et réjouis ceux que
j'aime, et que je ne reverrai qu'au ciel, à la lumière du Soleil de justice.

16 *février.* — C'est le premier jour de l'an
chinois ; l'usage des chrétiens en Chine est de se
réunir à l'église, de réciter quelques prières et de
faire trois prostrations pour demander à Dieu par-
don des péchés commis dans le cours de l'année,
et une devant le prêtre, pour lui exprimer le
regret des chagrins qu'ils auraient pu lui causer.

Ils finissent par se pardonner leurs torts réciproques et se donner le baiser de paix. En ce jour, on reste chez soi : c'est la fête de famille ; les parents donnent des conseils aux enfants, et les enfants témoignent de leur respect et de leur affection. Les boutiques sont fermées ; personne ne travaille ni ne sort de chez lui.

25 *février*. — Les communications avec Tong-King sont difficiles ; un homme à peu près chaque mois va chercher les correspondances. Mais le courrier attendu depuis quinze jours n'arrive pas, et mes Chinois m'annoncent que, dans la ville de Sutin-Fou, située à dix-huit lieues d'ici, trois missionnaires français se trouvent actuellement réunis. On croit facilement ce qu'on désire, et, sans grande réflexion, je cède à l'idée de courir à cette ville pour revoir des compatriotes. Deux voies se présentent : celle d'une rivière qui descend de Sutin-Fou, passe près d'ici pour aller se jeter dans le fleuve Bleu, et celle de terre, qui est plus pénible, moins sûre, mais plus expéditive. C'est à mes jambes que j'en appelle, et me voilà à arpenter le terrain pendant deux jours à grandes enjambées. Je volais, tant il me tardait de revoir des

confrères. Le soir du second jour je pus enfin *respirer* en *français*. Les trois beaux jours que j'ai passé là avec ces trois confrères! Le jour ne suffisait pas pour parler de la France et des missions; on prenait beaucoup sur la nuit. Il faut être à cinq mille lieues de la patrie pour savoir combien on l'aime. Dans cette ville de Sutin-Fou les chrétiens bâtissent une belle église sans que les païens fassent aucune démonstration hostile. J'en ai vu dresser les colonnes, qui sont de beaux morceaux de granit d'au moins seize pieds de longueur et d'une grosseur bien proportionnée. Pour élever ces masses, les pauvres gens ne connaissaient d'autres moyens que la force brute. Ils comptaient réunir au moins trois cents hommes et mettre un jour pour l'érection de chaque colonne; heureusement qu'un des missionnaires leur a fait un modèle de la grue dont on se sert en France. On a construit la machine, qui fonctionne parfaitement. Chrétiens, païens, paysans et mandarins, tous accourent voir la merveille des merveilles, qui va devenir célèbre dans tout le Céleste-Empire.

Le troisième jour, au matin, je quittais mes

chers confrères, après leur avoir donné un grand
au revoir bien sincère, et je prenais la voie d'eau
pour mon retour. Pendant ma descente sur cette
rivière, j'ai eu sous les yeux une pêche fort amu-
sante. Une quarantaine de petites barques étaient
montées et conduites par un seul homme ; sur le
bord de chaque nacelle était une demi-douzaine
de cormorans (oiseaux pêcheurs). Ces oiseaux,
attachés à la barque par une ficelle, portent à leur
cou un anneau qui les serre et pour les empêcher
de fuir, et pour les empêcher d'avaler les poissons. Quand le volatile aperçoit un poisson, il
s'élance, le saisit et revient sur la barque pour le
manger, mais l'homme est là, qui lui prend la
proie et la met en lieu sûr. Si le poisson est gros
et qu'un seul cormoran ne puisse en faire façon,
trois ou quatre de ses confrères volent à son
secours et apportent tous ensemble la capture. Il
n'y a pas de dispute entre eux, car le maître est
toujours là pour les accorder en les dépouillant
tous; à peine leur laisse-t-il le menu fretin pour
apaiser leur faim et les empêcher de mourir.
Ainsi, dit-on, se rend la justice dans plus d'un
pays. Plus loin je vis encore une dizaine de

barques de même grandeur que les premières et montées par des quadrupèdes très-friands de poissons, et qui aussi avaient l'anneau au cou. C'étaient des loutres, qui, de leur museau redoutable comme la gueule des brochets, rapportent d'énormes captures et n'ont pas besoin d'aide, même dans les luttes contre les plus grosses pièces. On dit que ces pêcheurs voyagent continuellement sur les rivières, vendent le fruit de leur pêche quand ils en ont l'occasion, et passent des saisons entières sans rentrer dans leur pays.

8 *mars*. — Mon retour s'est fait sans autre aventure, et aujourd'hui, troisième dimanche de Carême, je me suis hasardé à prêcher en chinois. M'aura-t-on compris? j'en doute. Si les Chinois voulaient bien se faire un peu à mon langage, j'en serais bien aise, et ce ne serait que juste; je me suis bien fait pour eux au maniement de la queue. Je vois pour la première fois, autour de ma forteresse, une centaine d'hirondelles, de celles qui bâtissent leurs nids aux fenêtres des maisons. Ce sont bien les mêmes qui, chaque printemps, prenaient logis à la fenêtre de ma chambre d'Orchamps. Quand les petites étaient

prêtes à partir, je leur attachais un ruban aux pattes ou au cou, espérant un jour les reconnaître ; ce matin, à leur arrivée, ma première pensée a été de chercher celles qui porteraient ce ruban. Oh ! si je savais qu'elles dussent aller en Comté, je leur dirais : Allez, chères petites, allez bien loin, jusque sur les montagnes du Doubs ; voyez ce qu'on y fait, écoutez ce qu'on y dit, et revenez me raconter tout ce qui s'y passe, et

A ma famille chérie,
D'un ton mélodieux,
Redonnez, je vous prie,
Rendez-vous dans les cieux.

A l'arrivée du printemps, on entend le cri d'un oiseau tout particulier, que les païens ont en grande vénération, parce que, disent-ils, il est envoyé par l'empereur de Chine pour avertir que le temps est venu de planter le riz. Jamais ils ne tuent cet oiseau, appelé *oiseau du riz*. Son chant est très-désagréable et perçant ; il commence bas la série de ses cris, va toujours en montant jusqu'à ce qu'il semble s'étrangler ; puis il se tait, pour recommencer un instant après ; et c'est ainsi à toutes les heures du jour et de la nuit. Un jour, je mis en joue un de ces volatiles sacrés, le Chinois qui m'accompagnait en devint pâle de frayeur. Par malheur, mon fusil rata, ce qui, à à mon grand regret, confirma mon Chinois dans sa superstition. Nous avons aussi le coucou, le vrai coucou, qui me paraît charmant, parce qu'il me rappelle nos chères montagnes.

1er *mai.* — C'est sous les auspices de Marie, à qui ce beau mois est consacré, que je débute dans le ministère pastoral. Mgr de Sinite vient de me confier un vaste district, où des familles chrétiennes, répandues dans des stations nombreuses, sont déjà depuis longtemps gagnées à la foi et pratiquent sincèrement la religion chrétienne. Puissé-je soutenir ces bons et fidèles enfants de l'Eglise romaine, les défendre contre les adorateurs du démon, augmenter le nombre des enfants de Dieu, et les faire marcher d'un pas ferme dans le chemin du ciel! — En ce jour où les enfants de Marie se réjouissent et se livrent à la douce espérance, j'éprouve, je ne sais pourquoi, une grande tristesse; un nuage noir oppresse mon âme et l'avenir me paraît décourageant. Un lourd fardeau vient de m'être imposé d'en haut, et il n'est pas autour de moi un cœur dans lequel je puisse répandre mon cœur. — Mais que dis-je? N'ai-je pas vous? ô mon Dieu! Oui, vous partagez mon exil. — Ah! vous me suffiriez bien, si je vous aimais assez. — Mes affections seraient-elles donc encore partagées? — Non, mon Dieu, rien ne m'attache sur cette terre que votre gloire, votre amour. Je suis tout à vous pour vous servir, vous aimer. Qu'ai-je donc à craindre? Vous êtes le Dieu bon. Oh! non, mes prières ne sont pas aussi isolées qu'elles me paraissent l'être. Dans ma patrie, que d'âmes ferventes prient en ce moment. Puisse notre bonne Mère du ciel entendre leurs supplications et m'alléger le fardeau qui vient de m'être imposé pour la gloire de son Fils!

5 *mai.* — Qu'il est bon le Dieu que je sers! Il me fallait partir pour le district où m'envoie mon évêque, et j'étais triste; mais voici qu'il m'arrive un confrère, le P. Blettery. Je ne serai donc pas seul pour aller prendre possession de ma cure; comme si j'étais en France, un confrère m'accompagnera et me présentera à mes chrétiens. Hiang-Paö-Tang, la forteresse que je vais quitter

5·

presque à regret, est dans ma paroisse ; j'y
reviendrai, pendant les grandes chaleurs, respirer
la brise qui se joue dans les arbres ds ce Sainte-
Hélène. Nous prenons la voie du fleuve, qui nous
amène à Kuï-en, ville principale du district, d'où
nous arrivons à Ly-Tou-Pas, station à quelque
distance de la ville, et dans laquelle les chrétiens
sont réunis en plus grand nombre. Me voici donc
au milieu de ma paroisse, qui se compose de deux
mille cinq cents chrétiens, et de cinq cents néophytes répandus parmi les païens en plus de
quarante stations, sur un espace d'environ trente
lieues de long et quinze de large. Que suis-je
pour administrer une telle paroisse ? Pauvre petit
vicaire nouvellement en Chine, connaissant fort
peu la langue et les usages ! Si, au moins, j'étais
un bon missionnaire, plein de foi et de l'amour
de la croix ! Je me recommande aux âmes chari-
tables ; qu'elles prient pour moi, pour mes chrétiens et mes infidèles. J'ai le secours d'un jeune
vicaire, prêtre chinois, excellent homme, préve-
nant, pieux, mais faible de santé. Mon prédécesseur, qui a reçu une autre destination, a
bien voulu demeurer à Ly-Tou-Pas jusqu'au

dimanche, et a fait le sermon à une assistance
nombreuse ; jugez si j'étais heureux d'entendre
prêcher en chinois ; j'avais là un maître pour me
former à la prononciation ; quand pourrai-je me
faire comprendre comme lui ?

X

DISTRICT DE KUÏ-EN.

28 *mai*. — Ma première occupation dans ma paroisse a été de conduire à bonne fin les travaux de l'église, commencée par M. Sabotier, mon prédécesseur. C'est une grande salle sans architecture, mais suffisante pour la population chrétienne actuelle. La bénédiction solennelle en a été faite le dimanche de la Pentecôte. Deux prêtres chinois étaient venus rehausser la cérémonie par leur présence ; environ cent personnes se sont approchées des sacrements. On était accouru de quatre et même de neuf lieues. L'enceinte du nouvel édifice était remplie, dès le matin, de fidèles chantant et priant avec une harmonie très-agréable et une ferveur digne des premiers chrétiens. C'était un jour de grande fête pour nos

Chinois, qui n'ont cessé de faire retentir les pétards et de faire entendre le vacarme de leur musique enragée. Mes chrétiens sont généralement bons, pieux et obéissants; ils sont de cette classe qui, en Chine, est considérée comme ni riche, ni pauvre, mais qui, en réalité, est misérable comparée au peuple de France. Une robe de toile bleue, un pantalon de toile blanche ou bleue, descendant jusqu'aux genoux, une chemise qui atteint à peine la ceinture, presque jamais de coiffure ni de chaussures, et le tout rapé, déchiré, rapiécé : tel est l'accoutrement de mes quatre cents hommes environ qui assistent à ma messe le dimanche. En revanche, tous sont armés de leurs pipes, qui, si elles sont courtes, restent suspendues à la robe, si elles sont longues, sont déposées à la porte de l'église, où elles gisent entassées par centaines. Les femmes, pas mieux vêtues que les hommes, sont coiffées d'un mouchoir noir qui entoure la tête et descend jusqu'aux yeux. Les maisons, faites d'un assemblage de bambous et de terre, sont mal jointes, délabrées, souvent tombant en ruines, et laissant voir au public ce qui se passe à l'intérieur. Que no

voit-on pas en fait de saleté et de misère dans ces
réduits habités par six ou huit personnes et dont
l'espace suffirait à peine pour une chambre à la
française! Un berger de nos pays, qui a quatre
chemises, a plus de linge qu'un habitant du
Céleste-Empire, et une fille qui a deux draps en a
plus que toute une famille chinoise d'une con-
dition ordinaire. Quant à la nourriture, elle est
simple et peu chère. Le riz et quelques feuilles de
raves ou d'autres végétaux détrempés dans le sel
et le poivre, pour aider à faire descendre le riz,
c'est suffisant. La valeur de 10 sapèques (20 centimes) suffit pour la journée d'une personne ;
une famille de huit personnes peut vivre pour
80 centimes par jour. Mais quelle misérable nourriture !

Autant la classe ordinaire est pauvre, malheu-
reuse, autant est opulente la classe des grands,
des mandarins. Il est de ces employés qui per-
çoivent chaque année quatre oïans de taëls ; or
un oïan, c'est dix mille taëls, et un taël vaut de
7 à 8 fr. ; ainsi leur solde s'élève à des cent mille
francs, non compris les impôts et taxes arbitraires
qu'ils lèvent à plaisir. Ils se disent les pères du

peuple, et ils l'écrasent par des redevances de toute nature, que l'empereur ignore. Quelle dureté et quelle fourberie ! Il faut être païen et Chinois pour agir comme ces gros personnages. On ne me croirait pas si je disais les détails que j'ai recueillis de la bouche d'un homme qui a passé sa vie dans les prétoires et les maisons de mandarins ; du reste, cela serait loin d'être édifiant et risquerait de souiller ma plume. Ne nous étonnons pas si le grand obstacle à la religion vient de ces tyrans, de ces sardanapales, garde vigilante du prince des ténèbres.

Après l'achèvement de l'église, la chose qui m'a occupé, c'est l'établissement d'une école pour les enfants de nos chrétiens et les petits païens qui voudront venir à nous. Il m'a fallu partager mon logement et m'habituer à une singulière musique. Dans l'école chinoise, les élèves tournent le dos au maître, et, au lieu de garder le silence et d'étudier à voix basse, chacun chante à sa façon. A cause de la diversité des tons, chaque mot doit être chanté par l'élève ; impossible d'apprendre autrement. Le maître, pour se faire entendre, prend un enfant près de lui et lui crie dans le pavillon

de l'oreille le ton du caractère. Chaque enfant a
son livre, l'ouvre où il veut, et chante les caractères d'un ton tantôt bas, tantôt élevé ; de là un
bruit inimaginable, une affreuse discordance.

30 *mai*. — Les terres souffrent de la sécheresse,
et les païens se livrent à toute sorte de superstitions pour obtenir la pluie. Le tam-tam se fait
entendre, les pétards retentissent, on accourt aux
pagodes ; grand mouvement en faveur du démon.
Que ces idolâtres ne connaissent-ils le Maître de
la pluie !... Les riches, les dignitaires offrent de
la viande, du vin de riz en quantité ; mais comme
ils savent que leurs diablotins n'y touchent pas,
malgré leurs grandes bouches et leurs gros
ventres, qu'ils se contentent de l'odeur des mets
offerts, on fait de grandes ripailles avec les
viandes sacrées ; pendant ce temps-là, défendu à
tout païen de manger des viandes non offertes ou
d'un animal que l'usage ne permet pas d'offrir à
l'autel. Un de ces jours, un pauvre homme a
payé une ligature d'amende pour avoir mangé
de la viande qui n'avait pas été offerte à Poussa.
C'est ainsi que les païens rendent hommage à la
nécessité, et du sacrifice, et de la satisfaction par

l'abstinence. Quel malheur que tout cela ne s'adresse pas au seul vrai Dieu ! Comme le démon se moque de ses serviteurs et endurcit leurs cœurs ! Non loin d'ici, un païen, père d'une nombreuse famille, avait un père, vieillard infirme depuis plusieurs années. Ce fils, fatigué de soigner son vieux père, prépara un cercueil, disposa tout pour l'enterrement et prit lui-même le moribond pour le renfermer dans la boîte lugubre. Le vieux païen, qui conservait toute sa connaissance, fut bien un peu ému en se voyant enterré vivant. Pour dernière faveur, il demande à son fils qu'auparavant il ait la bonté de lui donner encore une tasse de thé. Ah ! répond le fils, il est déjà mort et il ennuie encore les gens, et le pauvre homme descendit dans la fosse sans obtenir ce peu de thé pour le grand voyage.

Voici une cérémonie religieuse pratiquée dans le but d'obtenir la pluie, dont j'ai été témoin ces jours-ci, et qui fait pitié. Quatre hommes, affublés d'immenses chapeaux réservés pour les grandes circonstances, portaient une chaise (la chaise solennelle qui n'est qu'à l'usage des mandarins et des évêques); dans l'intérieur, sur les épaules de ces quatre Chinois, siégeait, non un mandarin, ni un évêque, mais un chien. Oui, un chien était porté religieusement en triomphe. Si la foule qui contemple ce spectacle, rit et se livre à la joie, dans peu la pluie tombera; si, au contraire, le peuple demeure silencieux et triste, la sécheresse doit continuer. Je ne sais si les païens ont ri, mais je sais que nos chrétiens se sont amusés de cette superstition, qui montre que le démon, pour se faire adorer, prend jusqu'aux forme des animaux. La figure du chien ne lui convient pas mal, puisqu'il flatte et semble caresser les siens pour les dévorer dans l'éternité. Déjà David voyait les démons sous cette forme : « Beaucoup de chiens m'ont environné, » *circum- dederunt me canes multi.*

J'ai fait dernièrement une excursion à Kuï-en, espèce de ville, la plus populeuse de mon district. Rien de remarquable : des maisons bien mes- quines, bien pauvres ; dans les rues, des hommes presque nus, des enfants aussi bien habillés qu'en arrivant au monde. A la vue de ces jolis enfants, le cœur du missionnaire se serre ; on voudrait leur donner le baptême pour en faire des anges.

Cette foule païenne est enfoncée dans la matière jusqu'au cou, ne voit que richesses et sapèques, n'a aucune idée du vrai Dieu, n'adore dans les animaux ou sous la figure la plus affreuse de l'homme, que le démon, qu'elle regarde comme un maître méchant qu'il faut apaiser par tous les moyens possibles. Cérémonies, prières, offrande de victimes, de cierges, de sacrifices, tout tend à conjurer les mauvais génies. Quand Dieu touchera-t-il ce pauvre peuple? Il y a des conversions : on les compte même par centaines dans chaque station ; mais qu'est-ce que cela au milieu de cette fourmilière chinoise? Puissent-ils se multiplier, les vrais adorateurs de la croix ! Puisse s'étendre le règne de Jésus-Christ !

2 *juin*. — Dès le grand matin, un païen vient à moi, bien triste, désolé. La douleur était peinte sur sa figure ; à peine osais-je l'interroger, pensant qu'un grand malheur l'avait frappé, comme serait la mort de sa femme. Le voyant morne, la tête penchée sur la poitrine, je n'osais lui demander ce qui était arrivé. Mon porc, me dit-il, a péri cette nuit; il me coûtait bien des sapèques (la valeur de 30 sous). Je l'avais depuis cinq jours ;

il mangeait bien. Va, lui dis-je, puisque tu es un brave, un homme de cœur, je t'aiderai à réparer ta perte. A ces mots, l'espérance revient au cœur de mon homme, la joie reparaît sur son visage. En lui donnant la valeur de sa bête, je le félicite de ce que son malheur lui fournit l'occasion de manger de la viande, et en même temps je pense à avertir mon cuisinier de n'avoir pas à accepter de jambon pendant la journée. On vint, en effet, offrir un quartier du malheureux animal.

3 *juin.* — Je viens de passer l'hiver et le printemps, les deux saisons les plus agréables pour ce pays, le Su-Tchuen. Le froid est peu rigoureux, la neige n'y prend pas pied ; les productions du sol sont abondantes : riz, cannes à sucre, légumes de toute espèce, oranges et fruits variés croissent sans beaucoup de culture. Le tabac y est abondant et de bonne qualité. Un grand fumeur n'en peut guère user que pour la valeur de 25 centimes par mois. Le froment croît et mûrit, mais on en sème peu. Quand il est sec et ramassé, on le bat au moyen de bâtons sur une table, poignée par poignée ; puis le grain est moulu par un

moulin tout-à-fait primitif, c'est-à-dire deux pierres que l'on tourne péniblement l'une sur l'autre. La farine est employée dans la confiserie ou à la fabrication d'espèces de galettes. Les missionnaires ont bien appris aux Chinois à faire le pain levé, mais ceux-ci préfèrent le riz, comme étant de sa nature plus rafraîchissant que le pain, et, par conséquent, dans ce pays si chaud, plus favorable à la santé.

XI

USAGES ET MŒURS AU SU-TCHUEN.

Chacun sait qu'il y a ici des usages bien
étranges pour des Européens. Je puis déjà vous
en dire quelques-uns. Le blanc est la couleur du
deuil; se découvrir en présence de la personne à
laquelle on parle, c'est l'insulter; avoir la tête
couverte, c'est la plus grande marque de respect.
Aussi les missionnaires, pendant le saint sacrifice
de la messe et l'exercice du saint ministère,
portent-ils une magnifique coiffure, aussi grande
que la mitre de l'évêque, mais différente par la
forme. Est-on invité à un festin? on doit, avant
de prendre place, remercier le maître de la
maison. Le repas commence par le thé, puis le
dessert : sucreries, fruits, friandises, et ce que
l'on appelle en Europe les entremets : œufs, petits

poissons, enfin grosses viandes, buffle, porc et légumes ; on finit par le riz, qui représente la soupe. En France, quand on arrive chez des gens qui sont à table, on fait des excuses et on s'éloigne. Ici c'est le contraire. Etes-vous à table? les gens de la maison et les voisins viennent se planter devant vous et vous contempler bouche béante ; c'est de la politesse. Pour manger, le Chinois fourre ses bâtonnets jusqu'au fond de sa bouche et les reporte tout gluants de salive sur le plat commun pour piquer un morceau, ce qui se pratique dans les meilleures sociétés. Les os, les arêtes de poissons, les pelures de fruits, tout est jeté sous la table. A la fin du repas, on glisse ou l'on trébuche sur cet amas de toute sorte de débris. Le servant, d'une main porte un plat, de l'autre se mouche avec ses doigts ; votre voisin de table fait de même : il se détourne un peu, assez pour ne pas se moucher dans votre assiette, mais pas toujours assez pour épargner votre habit, puis se frotte le nez du revers de la main et continue son repas. Pour boire, quelquefois le vin de riz est servi dans des tasses grandes comme des coquilles de noix ; d'autres fois on place toutes les provisions sur la table, dans un vase commun, et chaque convive, muni d'une tige de bambou, plonge dans le verre et suce tout ce qu'il y a de liquide.

Si le Chinois ne connaît pas l'usage du mouchoir et de la serviette, il les remplace par ce qu'on peut appeler un linge de toilette. Il se lave exactement tous les matins, non avec l'eau froide ni avec les mains nues, mais avec l'eau chaude et un linge, dont chacun est pourvu et que l'on regarde comme indispensable. Au temps des chaleurs, après le dîner ou après un voyage, on a soin de présenter le linge et l'eau chaude; en s'en frottant, on attire précipitamment la sueur et après l'opération on se sent rafraîchi. Ce petit linge sert non-seulement pour laver, mais encore pour essuyer après qu'il a été tordu; il ne subit d'autre lessive que celle qu'on lui donne tous les matins. Dans les familles pauvres, sur les barques, je l'ai vu servir à bien des choses : on essuie la table, les marmites, la vaisselle et tout ce qui se présente.

Au Su-Tchuen, pas d'horloge; quelques rares montres arrivent entre les mains des plus riches. Mais l'horloge qui fonctionnait au temps de saint Pierre, chaque famille la possède. Les coqs chinois sont vraiment d'une exactitude extraordinaire ; de minuit jusqu'au jour, ils ne manquent pas de se faire entendre trois fois, à intervalles égaux ; on dirait qu'ils comprennent l'importance de leurs fonctions, que les horlogers n'ont pas encore amoindrie.

Les cercueils forment en Chine une branche de commerce considérable ; souvent on rencontre sur les fleuves des radeaux composés de ces meubles lugubres. Ceux qui sont dans l'eau sont hermétiquement fermés, au-dessus sont placés les plus riches. Les familles aisées rivalisent de somptuosité en ce genre d'ameublement. Les uns veulent dormir dans le bois le plus précieux, d'autres dans le bois odoriférant, d'autres dans un lit brillant de dorures. Quand on veut faire un cadeau distingué, on donne un cercueil. Vous n'entrez pas dans une famille sans qu'un des premiers meubles qui se présente soit un cercueil, et d'un poids si lourd que deux hommes ont peine à le soulever quoique vide.

Dans ce pays, il y a deux modes d'éclairage, les

6

lampes et les chandelles. La lampe est tout-à-fait primitive et simple. Sur un chandelier en terre cuite très-grossier est posé un vase en fer, qui a la forme d'un grand pochon rond, où se trouve l'huile ; la mèche est faite d'une espèce d'herbe blanche de la grosseur d'une ficelle, et ne donne une lumière convenable qu'autant qu'elle est multipliée sur le bord du vase. Jugez de la commodité et surtout de la propreté du système. Ces lampes ne se transportent que difficilement ; aussi est-il d'usage d'en établir une fixe dans chaque pièce de la maison.

Quant aux chandelles de suif, elles n'ont pas de mèches en coton mais bien en bois, qu'il faut moucher souvent, ce qui se fait avec les bâtonnets dont on se sert pour manger le riz ; il n'y a pas d'autres mouchettes, mais il faut une adresse toute chinoise pour pincer juste et ne pas éteindre. Comme les chemins sont de vrais casse-cou d'un pied et demi de large, bordés souvent de précipices et de courants d'eau, avec escaliers dans les rochers, si l'on voyage de nuit, il faut s'éclairer. On se contente d'allumer un morceau de bambou, qui donne une flamme régulière et d'assez longue durée ; s'il y a du vent, on emploie des lanternes faites de bambou et de papier huilé, qui ne coûtent pas cher et qui sont légères et commodes.

Puisque j'ai prononcé le mot bambou, il faut que je vous fasse connaître cet arbre vraiment admirable pour sa beauté, ses qualités et son utilité. Il a ordinairement de 5 à 10 centimètres de diamètre ; j'en ai vu, mais des plus gros, qui avaient bien 15 centimètres, sur une hauteur de 9 à 10 mètres. La tige de cet arbre est sans écorce, d'un poli magnifique, d'un vert tendre, et munie de feuilles à environ 20 centimètres de distance. L'intérieur est entièrement vide, sans moelle, d'une couleur blanche, sans aspérité, et l'épaisseur du bois n'est que de quelques centimètres ; les nœuds à distance l'un de l'autre d'environ 50 centimètres, avec une grande régularité. Ces nœuds, apparents à l'extérieur, se continuent dans la cavité de manière à fermer hermétiquement par une bonne couche de bois les parties de l'arbre qui se trouvent entre chaque nœud. La partie comprise entre deux nœuds est comme une boîte bien travaillée, un étui, un vrai

fourreau. Cet arbre, très-dur, ne se coupe qu'a-
près avoir subi une entaille en forme de cercle,
qui permet de le briser ensuite ; mais il se fend
très-facilement : poussez une serpe ou un gros
couteau dans le sens de la longueur, et il sera
divisé en deux parties bien égales sur toute sa
longueur. On peut le subdiviser ensuite presque à
l'infini, de façon à n'avoir pour ainsi dire que des
pailles ou des fils aussi longs que l'arbre lui-
même. Quant à l'usage qu'on en fait, impossible
de le dire : cordes, râteaux, tuyaux de pipe, conduite d'eau, paniers, coupes à boire, perches pour
ramer, hottes, clous, bois de construction, filets
pour la pêche, rouets pour filer, éventails, para-
pluies, palanquins, meubles et ustensiles de toute
sorte, etc. On ne sait où n'apparaît pas le bambou, qui réunit la légèreté à la solidité et qui,
rarement attaqué par les insectes, ne s'use et ne
pourrit presque jamais. Quand il est jeune et que
sa tige est tendre, on cueille sa nouvelle pousse et
on la mange. Les Chinois sont très-friands de ce
mets ; j'en ai mangé, mais je n'y trouve que peu
de saveur. Enfin, c'est de cet arbre qu'est fait le
rotin, sorte de bâton flexible destiné à frapper les

criminels, voire même les martyrs. Quant au
bambou-rotin, je ne puis pas encore en dire le
·goût; plus tard, on verra... Espérons!...

On a, au Su-Tchuen, les animaux domestiques
à peu près comme en Europe. Le cheval est plus
petit que celui d'Europe et très-agile. Il s'emploie
surtout pour le transport des fardeaux. Chaque
famille aisée possède un bœuf pour le labour des
terres et le battage du riz. Les lois du pays dé-
fendent de tuer le bœuf, cela dans l'intérêt de
l'agriculture, ce qui est pour les mandarins une
source de revenus, car si l'on ne paie pas le per-
mis, on s'expose à payer l'amende. Un de ces
jours un chrétien qui me donnait l'hospitalité
s'empressa de me dire : « Père, mangez du bœuf.
— Du bœuf? lui dis-je, c'est rare en ce pays;
comment vous l'êtes-vous procuré? — Père, ne
craignez pas, on ne l'a pas tué ; il était malade,
et il est mort de sa belle mort. » Je souris à cette
révélation, et je continuai à manger du bœuf,
mais non sans redoubler de résolution et d'assai-
sonnements.

L'animal le plus considéré dans la maison, ce
n'est pas le chien, ni le chat, mais bien le porc. Il

6*

est chez le riche comme chez le pauvre l'habitué de la famille, le compagnon inséparable de la femme qui fait le ménage, et de l'enfant qui mange ou qui joue.

Ce que l'on mange au Su-Tchuen en quantité prodigieuse, ce sont les canards. A une certaine saison de l'année, après la récolte du riz, les plaines en sont couvertes. D'où vient donc tout ce peuple criard? Comment se produit-il? Le procédé chinois est simple et économique. On place les œufs dans la pousse de riz, et, au moyen d'une fermentation à un degré de chaleur régulier, on obtient ces éclosions à l'infini. C'est par centaines que l'on voit les petits canards sortir de la pousse de riz. Aussitôt que ces petites bêtes sont un peu fortes, les éleveurs les mettent en campagne et les conduisent paître dans les champs, les rizières, et partout où il y a de l'eau. Le soir, les bergers rassemblent leurs troupeaux dans un coin, fixent leur tente et dressent le foyer pour faire cuire le riz. Au point du jour, l'armée reprend sa marche en avant. Après la campagne, les bergers rentrent chez eux sans avoir dépensé un grain pour nourrir leurs troupeaux ni une sapèque pour les abriter. Tous les canards ne peuvent cependant pas supporter les fatigues de la campagne, ils périssent en assez grand nombre. Mon cuisinier, qui connaît ces pertes inévitables, ayant entendu le bruit que projette au loin le passage d'une armée de canards, des voix d'hommes mêlées à un croassement sourd, voulut faire profit de l'aventure et acheter quelques corps morts; mais il revint me dire qu'il n'avait pas fait emplette, les canards crevés étaient trop chers. Combien les vendait-on la pièce? lui dis-je. — Neuf sapèques... (pas même un sou). Malgré ce bas prix, je le félicitai de grand cœur de n'avoir pas profité de l'occasion.

Les pigeons ne sont pas rares dans ce pays, et ces oiseaux donnent à leurs propriétaires un singulier sujet d'amusement. Ceux-ci attachent un sifflet très-léger entre deux plumes à l'origine de la queue de l'oiseau. Le petit instrument reste toujours perpendiculaire, ayant l'orifice tourné vers la tête du pigeon, de façon que, quand celui-ci prend son vol, le vent s'engouffrant dans le sifflet, une certaine musique se fait entendre. Plus le vol est rapide, plus le son est aigu. Il

retentit à une très-haute distance dans les airs,
et quand une volée de pigeons, dont chacun est
muni d'un instrument plus ou moins gros, vient
à passer, on entend une charmante variété de
tons, qui parfois ne manquent pas d'harmonie.

XII

UNE PARTIE DE CHASSE.

CHALEURS DE L'ÉTÉ.

9 *juin*. — Fatigué de l'étude du chinois, j'ai
voulu me donner la distraction d'une partie de
chasse, armé de mon fusil-canne. Deux habitants
du pays m'accompagnaient, munis chacun d'un
de ces fusils du pays qu'on ne peut tirer que posés
et au moyen d'une mèche toujours allumée. Après
une heure de marche, nous arrivons dans une
plaine, où trois espèces de poules se levaient à
tout instant devant nous, la *tong-hy* ou poule
tong, ainsi appelée à cause de son cri tong-tong-
tong; la poule rouge, *houang-hy,* et la poule de
riz, *tang-hy,* autant d'espèces de poules sauvages
qui vivent dans les rizières et émigrent quand le

riz est récolté, comme la caille de France après la moisson. Elles ne se posent que par terre et sont difficiles à apercevoir. Un mot de nos exploits. Les Chinois, à coups posés, ont tué deux tong-hy, et moi j'ai abattu au vol une tong-hy et une houang-hy, et certes ce n'est pas difficile : ces oiseaux sont gros, lourds, et point sauvages. Les chasseurs de nos pays, après quelques heures, s'en retourneraient chargés. Que n'ai-je ma vieille Flore!... Les chiens de chasse sont très-rares, et servent pour le lièvre seulement. Mon fusil-canne, voilà ce qui fait l'admiration des habitants du Céleste-Empire. Ils me demandent où est le feu, où est la poudre, quelle en est la portée? Pour eux, autant de merveilles inexplicables. Et quand nous leur disons qu'en Europe il y a des canons qui tuent les hommes et brûlent les villes à trois ou quatre kilomètres, et quand, par la bouche du peuple, ces choses arrivent aux oreilles des mandarins, ceux-ci sont effrayés; mais leur crainte, loin de les conduire à l'admiration et au désir d'imiter, les amène à la haine de l'étranger; ils voudraient le chasser ou l'exterminer. On dirait que le Chinois a horreur du progrès. Il m'a

été dit à Hong-Kong qu'un habitant de cette île
voulut adapter à sa barque un gouvernail fait à
la façon de ceux des bâtiments étrangers, mais
qu'il reçut l'ordre de détruire son œuvre et fut
soumis à une amende. Dans ce pays-ci, un indi-
vidu ayant vu à l'étranger une scie mue par
l'eau, a voulu construire une usine, mais le mandarin l'a obligé à démolir et à payer une forte
amende ; voilà l'asservissement dans lequel est
maintenu ce peuple par ces dominateurs, les
agents du Fils du ciel, du Fils du soleil, de l'enfant de la lumière !

7 juin. — C'est aujourd'hui la solennité de la
Fête-Dieu. Hélas ! ici une basse messe, et c'est
tout. Nous n'avons pas le pouvoir de conserver
les saintes espèces, dans la crainte des profana-
tions. Point de nos belles cérémonies d'Europe ;
quelle privation !... que c'est pénible !... Ne pas
avoir la consolation, dans la journée, de prier un
instant devant le Saint-Sacrement !... Quand je
pense à ces heureux moments que je passais en
adoration dans l'église d'Orchamps, mon cœur est
triste et mon âme languit. Que vous êtes heureux, habitants des Fins ; que vous êtes heureux,

habitants d'Orchamps! En ce moment où je vous écris, vous suivez le Roi des rois le long de vos rues; vous lui élevez des trônes, vous chantez ses louanges, et Dieu vous bénit! Ah! si vous étiez comme moi privés de ce culte si touchant de notre sainte religion, si vous viviez quelques mois au milieu des idolâtres, vous diriez au bon Jésus : restez avec nous, ne nous abandonnez point, ne quittez pas notre France. Pauvre France! Elle a dans son sein des athées, des impies qui ne voudraient point de religion, qui travaillent à sa ruine. Les malheureux! Pitié, ô mon Dieu, pour ces misérables; ils ne savent ce qu'ils font! Un peuple sans le culte du vrai Dieu! que c'est triste, que c'est hideux!... Quel malheur!... Point de respect pour Dieu, plus d'estime ni de respect pour l'homme; l'épouse, l'enfant, le vieillard sont comptés à peu près comme des bêtes de somme, souvent comme des fardeaux dont il importe de se débarrasser. — Vive Jésus! vive la sainte Église! vive le Souverain-Pontife! Rien de plus beau, rien de plus doux, rien de plus parfait sur la terre!

29 *juin*. — Une chose que l'on ne voit pas en

France, c'est le manque presque complet d'ombre à midi. Ici, quand le soleil atteint le milieu de sa course, il est tellement perpendiculaire au-dessus de nos têtes que les corps opaques ne projettent aucune ombre ; les arbres, les maisons, n'offrent aucune ressource contre la chaleur en dehors de leurs toitures ou de leurs feuillages. Il fait si chaud que le Su-Tchuen me semble un four. On y étouffe, ou plutôt on y cuit tout vivant. Où est la fraîcheur du Montvoillot ! Fortunés habitants de nos montagnes, vous qui ressentez la rosée du matin, qui respirez à pleins poumons la fraîche brise qui se joue dans nos forêts, réjouissez-vous ; pour moi, pauvre exilé volontaire, je porte un soleil terrible, je ne respire qu'un air brûlant dans une atmosphère desséchée. Des mois entiers sans une goutte de rosée ; ce n'est que la sueur qui coule ; mais qu'elle ruisselle, et qu'elle ruisselle encore pour le salut de mon âme et des âmes de mes pauvres Chinois !

Autrefois j'avais entendu parler d'éventails, j'en avais vu en peinture, mais je ne m'étais pas figuré leur utilité ; j'étais loin surtout de les croire indispensables. Eh bien ! cependant, quand l'air

7

vous échappe, il faut bien le retenir. Chacun a son éventail, l'enfant comme le vieillard, le voyageur sur le chemin comme le travailleur au milieu des champs ou à la maison ; tous s'éventent par moment pour ramener l'air qui semble fuir les poumons. Mes pauvres Chinois voient bien que je souffre tout particulièrement de leur température ; aussi prennent-ils soin de moi. Je ne sors pas de chez moi sans qu'aussitôt deux personnes accourent se placer à mes côtés et se mettent en devoir de me lancer l'air à la figure avec leurs grands éventails. Autre source de souffrance : les moustiques, petits insectes ailés qui s'acharnent à vous mordre surtout le soir et pendant la nuit ; on a beau envelopper sa couche d'une certaine étoffe appelée *moustiquaire,* ces terribles visiteurs trouvent toujours moyen de s'introduire, de vous piquer et de vous laisser à l'endroit de la plaie une démangeaison violente, accompagnée d'une tumeur de la grosseur d'un pois. Si l'on a le malheur de se gratter, la tumeur s'élargit, se remplit d'eau, et le matin on a la figure et les membres tout enflés. J'emploie un remède que me procurent mes chrétiens : c'est

une certaine herbe sèche qui brûle lentement et
dont la fumée met en fuite ces désagréables voisins, qui se fatiguent moins de piquer que moi
d'entretenir mon feu, surtout la nuit, quand un
malheureux sommeil semble conspirer avec eux
pour m'accabler.

XIII

AMOUR DE LA PATRIE.

PERSÉCUTION A LIN-CHOUÏ.

15 *juillet.* — Il y a bientôt trois mois que je n'ai pas rencontré un confrère, pas un Français, pas même un Européen, toujours des Chinois. Depuis quelques jours, la tristesse chez moi est plus grande que l'appétit. Le souvenir de la famille, des parents, des amis... Oh! que je suis trop sensible! Dieu seul le sait. Que ne l'aimé-je davantage! Je recevrais plus de consolations. Oh! non, le télégraphe ne pourrait suivre ma pensée... La Chaux, Orchamps, le Russey, les Fins, Morteau, les Suchaux, le Montvoillot sont tour-à-tour visités, et avec le désir de revoir ces lieux, et quel désir!... Bon estomac, beaucoup d'esprit, point de cœur, voilà ce qu'il faut pour un bon missionnaire. L'estomac, je n'en aurai bientôt plus; l'es-

prit, je n'en ai jamais eu ; le cœur, oh! mon
cœur, il n'est pas fait pour loger la glace!...
Quand je pense à l'affection que mes frères, mes
sœurs ont pour le *Chinois.* Quand je me rappelle
les soins qu'ils m'ont prodigués! Et mes amis, aux
Fins, à Orchamps, il y en a là, Dieu les connaît,
et de vrais amis... Puisse cette séparation assurer
l'éternelle réunion dans le ciel! Frères, sœurs,
parents, amis de là-bas, vous connaissez le lieu
du rendez-vous ; prenons le bon chemin, crai-
gnons de faire fausse route. Marchons sous la
protection de Marie et de nos bons anges, et
quand l'un de nous sera arrivé, qu'il tende la
main aux autres, et que nous soyons de bons et
vrais amis toujours. Vous consentez? Eh bien!
signons la convention.   Alfred ROLAND.

20 *juillet.* — J'ai fait ces jours passés une
ascension jusqu'à Hiang-Paö-Tang, pensant y
trouver, d'après ce qui m'avait été dit, le P. Rogié,
de Sutin-Fou, mon plus proche voisin, qui a sa résidence à trente lieues d'ici. Le cher confrère n'a-
vait pu s'y rendre ; mais j'ai été bien dédommagé
de ce voyage, des chaleurs atroces que j'ai en-
durées et de ma mésaventure : voici que le bon

P. Rogié est venu me voir jusqu'à Ly-Tou-Pas.
Jugez, quelle heureuse surprise! Quelle joie de
recevoir un confrère, un prêtre français! Comme
les moments passent vite en sa compagnie! Un jour
n'est rien pour parler de la chère patrie, des
parents, des amis, des peines comme des joies que
l'on éprouve en mission. Qu'il fait bon aussi revoir sa conscience, y mettre ordre; cela vous
raffermit l'âme et vous réchauffe le cœur. Quand
retrouverai-je un confesseur? Peut-être mour-
rai-je sans cette faveur insigne.

3 *août*. — J'apprends qu'à Lin-Chouï, ville d'un
district voisin dans le Su-Tchuen occidental, les
païens se sont jetés en masse sur une centaine de
nouveaux chrétiens pour les forcer à apostasier.
Vingt chrétiens, les plus connus pour leur fermeté
dans la foi, ont été mis à mort dans d'horribles
tourments. L'un d'eux a eu les membres arrachés
l'un après l'autre, et ses entrailles ont été répandues sur le sol; plusieurs qui ne sont pas morts
ont eu des membres brisés, ou reçu d'autres bles-
sures graves. Il y a eu parmi ces pauvres néophytes quelques défaillances, mais qui, il faut
l'espérer, ne seront que passagères. Le P. Cottin,

missionnaire français qui réside à Sin-Chouï,
pressentait l'orage, et prenait toutes les précautions pour conjurer la tempête. Ces cent et quelques chrétiens voulaient se défendre, pensaient
aux armes ; mais que faire contre dix mille
païens ? Résister était se faire massacrer jusqu'au
dernier, et ensuite comment porter l'affaire devant les tribunaux ? C'est ce qui fut bien compris,
et quand arriva le danger, on alla prier le Père
de ne point s'exposer à la mort, afin de pouvoir
protéger plus tard ceux qui survivraient et leur
faire rendre les biens confisqués ; car les païens
ne manquent pas de s'emparer des biens de leurs
victimes. Pendant le massacre, le mandarin, qui
n'avait pas osé défendre les chrétiens, avait envoyé des soldats autour de la petite église et de la
maison du missionnaire pour les protéger en cas
d'attaque. On a bien été un peu ému par cet évè-
nement dans mon district. Les païens en ont
beaucoup plus parlé que les chrétiens, qui ne s'en
sont guère inquiétés. Ceux-ci sont de vrais pa-
triarches, qui ont déjà subi plusieurs persécu-
tions, et qui entendent souvent dire, sans trop
s'émouvoir, qu'on va massacrer tous les chrétiens.

XIV

VISITE DES STATIONS

OU MISSIONS PROPREMENT DITES.

1er *septembre*. — Les chaleurs moins violentes permettent au missionnaire de se mettre en route pour la visite des stations. Je me suis dirigé vers un village à sept lieues environ de Ly-Tou-Pas. Une quarantaine de chrétiens m'attendaient. Depuis onze mois ces pauvres gens n'avaient pas vu le prêtre, n'avaient pu, par conséquent, ni entendre la messe, ni se confesser, ni communier. Tous se prosternent devant le Père, et aussitôt après cette expression du respect pour la religion, on procède à l'aspersion et à la récitation des prières, que chacun dit à haute voix. L'on voit de suite que ces braves gens se conservent pieux quoique seuls au milieu des païens. Pendant mon séjour à cette station, j'allai à une demi-heure plus loin voir une malade, pauvre vierge de soixante-huit ans qui autrefois confessa la foi devant les tribunaux. Je lui administrai les derniers sacrements, et lui laissai une petite aumône, son réduit me parut si misérable ! C'est souvent qu'en Chine Jésus se retrouve dans des lieux plus pauvres que l'étable de Bethléem. Après quelques jours employés au saint ministère dans ce premier village, je franchis quatre ou cinq lieues et me voici à recommencer dans une autre station. L'ouvrage est pressant et les journées sont bien employées. Le matin, après ma prière et mon oraison, quand les chrétiens sont rassemblés, je dis la messe, à laquelle je prêche, quand je peux. Pendant mon action de grâce, suivie de la récitation de mon office, mon catéchiste fait son instruction, interroge tout le monde, petits et grands, hommes, femmes et enfants ; il prend ensuite les noms des personnes qui veulent se confesser ce jour-là. Après déjeuner, j'entends les confessions jusqu'à midi. L'après-midi est employée à baptiser ou à suppléer aux cérémonies du baptême, à confirmer

7·

les enfants, à traiter les différends entre les chrétiens, questions de justice ou d'alliance. Le reste du temps est pour le saint office et la préparation de l'instruction du lendemain. Heureusement que nos braves gens se chargent de procurer le viatique au Père et à son catéchiste. La famille la plus à l'aise porte dès le premier jour les deux repas à la maison du Père ; le lendemain la charge passe à une autre famille, et ainsi de suite jusqu'à la fin du séjour.

27 *octobre*. — Dans chacune de nos stations, nous ne sommes pas seulement en rapport avec les chrétiens, que nous affermissons dans la foi par l'instruction et les sacrements, mais encore avec les païens, dont les uns nous sont évidemment hostiles, et avec lesquels nous avons le moins de contact possible, dont les autres nous sont favorables, et qui facilement deviennent des néophytes. La première chose que nous exigeons, c'est le renoncement à Pouzza, pour apprendre la religion du ciel d'Occident, suivi de l'adoration de la croix, cérémonie à laquelle les païens sont admis facilement, fussent-ils des sacripants. S'il n'y a pas conversion chez ces gens-là, au moins

reste-t-il un certain respect de la religion et des
prêtres, et en cas de persécution ils ne sont pas
ennemis des catholiques. Mais de là au baptême il
y a un grand pas ; il faut s'épurer et se désister
insensiblement des cérémonies païennes, aux-
quelles on est trop porté à associer notre sainte
religion. Il faut du temps pour cela, un ou deux
ans au moins. L'épreuve est préférée par les vieux
missionnaires, qui ont usé de tous les moyens. En
retardant le baptême, on éloigne les voleurs, les
adultères, les mauvais sujets ; on voit moins
d'apostats, et l'on a des chrétiens plus fervents et
plus solides. Eprouvez, éprouvez, dit Mgr de
Sinite ; j'ai été pris (attrapé) bien des fois. Depuis
vingt-sept ans que je suis en Chine, combien
n'ai-je pas été trompé ! et toujours avec de nouvelles ruses. Ces Chinois savent toujours se tirer
d'un mauvais pas, à force de mensonges et de
fourberies. Les plus habiles se laissent prendre et
reprendre dans les filets de ces Orientaux. Oh les
gredins ! qu'ils sont rusés ! On dirait le diable
incarné. Ils vont jusqu'à battre leurs enfants qui
avouent la vérité ; la force seule les met à la
raison. Dans une petite ville à trois lieues d'ici,

trois cents et quelques païens viennent de renoncer aux idoles. On leur fait réciter les prières, on les instruit, et après dix-huit mois ou deux ans seront admis au baptême ceux qui persévèreront ; mais il faut compter sur un certain déficit. En passant d'une station à une autre, j'ai rencontré pour la première fois un ouvrage monumental fait par les Chinois. Une tranchée dans le roc longue de vingt et quelques mètres, d'environ un mètre de large et d'une hauteur de deux à trois mètres : voilà cette œuvre colossale. Une demi-douzaine d'inscriptions emphatiques gravées dans le roc attestent la hardiesse de ceux qui se sont illustrés par ce monument. Qu'écriraient-ils s'ils avaient percé l'isthme de Suez ?... Un cantonnier de nos pays, dont la sueur est si rare, aurait fait tout cela en moins d'un mois.

On rencontre de temps en temps le long des routes du Céleste-Empire des espèces de portails à trois portes ou trois ouvertures, sous lesquels passent les voyageurs. Ces constructions en belles pierres de taille, sur lesquelles sont gravées des figures d'animaux et une grande quantité de caractères chinois, atteignent quelquefois de 10 à

15 mètres de hauteur. Leur double façade peut
avoir 16 mètres de frontage. Le style d'architecture chinoise, qui rappelle les cornes du diable,
est invariablement suivi. Quand de loin on aperçoit ces portails (païfang), on dirait qu'on va
pénétrer dans une ville. A peine a-t-on fait quelques pas de l'autre côté qu'on se voit comme
auparavant au milieu de la campagne. Or voici à
quelle occasion sont élevés ces monuments. Quand
une femme appartenant à une famille riche vient
à perdre son mari, ou bien elle passe à un second
mariage, et c'est de beaucoup le cas le plus fré-
quent, ou bien elle demeure le reste de sa vie
dans le veuvage, portant toujours le deuil de son
mari défunt. Dans ce dernier cas, elle a mérité
beaucoup, non-seulement de sa famille et de ses
voisins, mais encore de l'empereur lui-même.
Après la mort d'une telle veuve, on adresse à Sa
Majesté une demande pour avoir de quoi lui
élever un païfang. Les parents et amis ajoutent
à la somme accordée par l'empereur, et le monument s'élève sur la voie publique le moins loin
possible de la demeure de la défunte. Les inscriptions sont nombreuses ; on ne tarit pas en éloges

à l'adresse de la femme célèbre qui a pu pratiquer ou mieux qui a imité la viduité. N'est-ce pas là un tribut d'honneur que, sans en avoir l'intention, les Chinois rendent au célibat religieux et à la viduité chrétienne ? Comme les païens savent que leur religion ne donne ni l'idée, ni le don de la virginité, ils méprisent les filles qui, parmi eux, arrivent à vingt et quelques années sans avoir trouvé mari ; mais ils honorent et vénèrent nos vierges et nos veuves, et rendent hommage à la sainteté de notre religion, qui inspire la belle vertu et donne la force de la pratiquer. Ici point de monastères, seulement une espèce de vie religieuse. Quelques filles font vœu de chasteté pour trois ou cinq ans, vivent dans leurs familles, prient et instruisent les païennes qui se convertissent. Mais quelle que soit la position de ces braves personnes, elle est bien précaire, puisque, d'après les lois du pays, les filles, loin d'avoir part dans la fortune des parents, sont considérées elles-mêmes comme un bien des parents, qui ont droit de les vendre comme bon leur semble. A la mort du père, elles passent à l'aîné de leurs frères, qui, lui aussi, peut en disposer comme d'une chose qui lui appartient. Une épouse aussi peut être vendue par son mari et passer au pouvoir de plusieurs maîtres, sans avoir, à vrai dire, de mari. Quel esclavage! Quand cesseront ces lois iniques? Le christianisme seul, avec le temps, pourra y mettre fin.

Décembre. — Mon vicaire est venu me rejoindre pendant mes courses apostoliques et nous sommes pour le moment à Ouâng-Kiô-Oüan, en visite d'une station à dix lieues de notre résidence. Cette chrétienté, au fond d'une vallée, est jolie; une maison, qui appartient à la mission, y sert à la fois d'église, d'école et de presbytère. Les chrétiens y sont pieux, obéissants. Chaque famille possède un petit coin de terre et se livre à la culture. Quand il n'y a pas d'occupations au dehors, les femmes filent le coton, les hommes tissent la toile, et à force de travail et d'économie ils se procurent la nourriture et les vêtements. L'homme qui tisse peut se faire environ 10 centimes de boni; la femme, si elle file bien, peut avoir 8 sapèques, quelques centimes, à la fin de sa journée.

Les Chinois ne sont pas ennemis de la musique.

Ils nous en ont rassasié parfois dans les récep-
tions les plus solennelles. Mais quelle musique!
Les instruments ne coûtent pas cher. Le principal
est une espèce de tambour n'ayant qu'une peau,
qui ressemble à un seau; ce sont des timbales à
son strident, et des timbres qui ont la forme
d'assiettes creuses, sur lesquels on frappe à coups
redoublés; enfin, une sorte de clarinette dont le
tuyau est en bambou et le pavillon en osier, le
tout recouvert de terre desséchée. Tels sont les
instruments de la fanfare, vacarme infernal indispensable à toutes les fêtes chrétiennes ou
païennes, civiles ou de famille.

Pour le mois de janvier, j'aurai bien avancé ma
première tournée. Je n'ai baptisé qu'une quarantaine de païens et reçu à peu près six fois plus
d'abjurations. Dans un village de ma paroisse, un
homme seul a converti une centaine de païens.
C'est un médecin qui était allé à Kouï-Tchcou
chercher fortune; la vraie fortune qu'il a rap-
portée, c'est sa conversion au christianisme. A son
retour, il a amené à la foi chrétienne son père,
ses frères, ses meilleurs voisins, et il continue
son apostolat, ne laissant mourir aucun enfant

sans lui procurer la grâce du baptême. Aujour-
d'hui, j'ajoute aux conversions précédentes : je
recevrai l'abjuration de deux familles, composées
d'une vingtaine de personnes, et je baptiserai
trois néophytes. Dieu soit béni de cet heureux
jour! Priez pour que je sois accablé de pareils
travaux. D'après ma première visite, je vois que
véritablement mon district de Kuï-en se compose
d'environ 3,000 chrétiens et de 3 à 400 néophytes
répandus dans 45 stations. Dans ce que j'ai pu
visiter, j'ai entendu un millier de confessions, 642
chrétiens ont reçu la sainte communion; j'ai
administré le baptême à soixante et quelques
personnes et la confirmation à quarante-neuf.

Que de misères j'ai vues dans cette tournée :
misères physiques, misères morales; des enfants
presque nus au cœur de l'hiver, des familles
nombreuses n'ayant rien à manger, des païens
riches opprimant de pauvres malheureux, à qui
on ne peut reprocher que d'être faibles et indi-
gents !

En tournée, le missionnaire est vraiment bien
pauvre et retrouve souvent l'étable du Sauveur.
Il n'est pas rare que certaines remises destinées

aux instruments de la culture lui servent
d'église. Une planche ou une table forme autel;
la croix du missionnaire est appliquée contre la
cloison, deux cierges sont allumés, et tout est
prêt. Mais en compagnie de Jésus, la divine
Victime, je vous avoue que je n'ai pas encore eu
pour moi-même le sentiment de la moindre privation. Je me fais à tout, et le bon Dieu semble
augmenter ma joie en proportion de la misère
que je rencontre. Plus le réduit est pauvre, plus
je m'y plais. La nuit, pour me préserver du vent,
des moustiques et des rats, je me roule dans ma
couverture, je m'étends sur ma couchette de
paille et je dors comme un bienheureux. Quand
vous recevrez cette lettre, il y aura plus de deux
ans que je vous quittais pour venir au milieu de
ces terribles Chinois. Si j'étais en France en ce moment, savez-vous ce que je ferais? Je reprendrais
le chemin de la Chine ou d'une autre mission.

J'espère continuer mes courses apostoliques en
février et mars ; mais quand les chaleurs revien-
dront je me réfugierai sur les montagnes : j'ai
tant souffert l'année dernière dans ma résidence
de Ly-Tou-Pas!

XV

LA RETRAITE.

Janvier 1875. — A la fin de mes courses, il m'arrive une bien excellente nouvelle : Mᵍʳ Des-flèches nous convoque chez lui pour le bienfait d'une retraite. Je prends la voie du fleuve, et, blotti dans le coin d'une barque, je prie, je dors, je fume pendant cinq jours, qui suffisent pour franchir quatre-vingt-cinq lieues et me rendre chez mon évêque. Quel bonheur ! Je trouve treize missionnaires réunis pour la retraite. Il me semble être en France. Revoir des figures françaises, parler français, que c'est étrange et agréable ! Dans les premiers moments, je croyais ne pouvoir parler assez ; je me précipitais, je mêlais tout : français, latin, chinois, tout m'était égal. Le procureur ne pouvait me reconnaître.

Vous n'êtes pas un prêtre français?... c'est la première parole qu'il m'adressa. Jugez si j'étais fier de mes succès en chinoiseries! Ah! les beaux jours employés à me remonter en dévotion et à retremper mon zèle et mon courage! Arrivé en mission sur la fin de 1873, voici qu'en janvier 1875 je trouve déjà six confrères plus jeunes que moi. L'un d'eux m'est donné comme vicaire : c'est l'abbé Bréard, du diocèse de Séez. C'est un vrai bonheur que le secours et la compagnie d'un prêtre français. Nous partons incessamment pour Kuï-en, et par terre pour arriver plus vite. La pluie, le vent et la neige nous accompagnent; le jour ne suffit pas, nous marchons une partie de la nuit, par des sentiers à travers les rizières ou les rochers; nous nous préservons bien des chutes les plus dangereuses au moyen de nos lanternes, mais la route est pénible, et le soir nous arrivons dans des auberges qui n'offrent que le riz et le vin de riz, et que de la paille pour recevoir nos membres fatigués. J'ai souffert doublement d'un voyage si dur, à cause de mon nouveau confrère, qui a supporté gaiement ce rude apprentissage.

Ce matin, ma montre était arrêtée. J'ai voulu

la remonter, impossible. Je l'ai ouverte, exami-
née; peut-être, me disais-je, le mal n'est pas
grand; j'ai enlevé pièce après pièce; quand je suis
arrivé au ressort, il était brisé. Quel malheur! ma
montre, précieux souvenir, qui depuis deux ans
marchait si bien, m'accompagnait jour et nuit, la
seule amie qui m'avait suivi et me restait pour
me dire : c'est le temps de prier, celui de prendre
ton repas ou ton repos, la voilà morte! Et pas
d'horloger! Si au moins j'avais un ressort!
Dussé-je passer un mois à l'adapter, je serais
content; il faudra expédier en France ma petite
compagne. Il est vrai qu'elle me reviendra plus
chère encore; elle aura revu le pays et sera
mieux portante et plus agile. C'est égal, ce simple
accident prend pour moi les proportions d'un
malheur. Quelle privation !

17 *mars*. — En ce moment, je suis en pour-
parler avec le mandarin de Kuï-en. Des païens
ont frappé de nouveaux chrétiens, leur ont extor-
qué de l'argent pour faire des superstitions sur les
tombeaux. A cette nouvelle, j'ai écrit au mandarin, lui rappelant que depuis longtemps les em-
pereurs ont exempté les chrétiens de contribuer

par de l'argent à la construction des pagodes et à l'établissement des Poussas. Ce mandarin m'a répondu que ces chrétiens, en donnant des sapèques, n'ont fait qu'honorer leurs ancêtres et n'ont point fait de superstitions; que lui, mandarin, ne comprend pas une religion qui n'honore pas les défunts. J'en ai été pour écrire une seconde fois. Nous avons, lui dis-je, dans notre religion, des prières et des bonnes œuvres pour le soulagement des âmes des défunts; et comme nous sommes autorisés par l'empereur à nous en tenir là, nous ne devons pas participer aux superstitions de ceux qui n'ont pas nos croyances. Des satellites ont été envoyés pour interroger; mais j'espère peu de ce magistrat, tout disposé à vexer les chrétiens.

15 *avril.* — Depuis trois semaines, je ne fais que courir à trois, à cinq, à huit lieues, pour des malades, dont un bon nombre a succombé. Je puis suffire à l'ouvrage, le bon Dieu ne permettant pas que le même jour on m'appelle pour des directions différentes.

J'ai appris que le P. Décomps, mon compagnon de voyage de France en Chine, a été conduit aux portes du tombeau par une maladie que les Chinois appellent haïs-pin, espèce de fièvre typhoïde maligne et très-contagieuse. Cette nouvelle m'a frappé; un jeune missionnaire sitôt réduit à l'extrémité!... Dernièrement on m'a rassuré; le P. Décomps est en convalescence...

XVI

LA MALADIE ET LA MORT.

M. Delpèche, supérieur du Séminaire des Missions étrangères, à M. le curé des Fins, par Morteau :

« Paris, 7 août 1875.

» Monsieur le curé,

» Nous recevons de M. le procureur de Hong-Kong la triste nouvelle que notre cher abbé Roland, missionnaire au Su-Tchuen oriental, nous a été enlevé par une fièvre typhoïde. Il n'y a pas de détails sur sa mort, mais je ne doute pas qu'elle n'ait été une image fidèle de sa vie de piété, d'abnégation et de dévouement.

» Agréez...   » Delpèche,

» Supérieur du Séminaire des Missions étrangères. »

Mgr Desflèches, évêque de Tong-King, à M. Guerrin, directeur au Séminaire des Missions étrangères :

« Tong-King, 18 juin 1875.

» Ma joie a eu ses tristesses. A mon retour de Tchen-Tou, j'ai appris que M. Roland était mort et déjà enterré. Voici ce que m'écrit mon provicaire, M. Blettery :

« Sutin, 8 juin 1875.

» Je n'ai pas écrit à Votre Grandeur la mort de » M. Roland; j'ai su que M. Bréard l'avait » annoncée à Tong-King. C'est une perte bien » regrettable pour notre mission. M. Roland » s'annonçait comme un missionnaire modèle, » pieux, zélé, aimant ses chrétiens, et il était » payé de retour.

» Agréez...   » Joseph Desflèches,
                       » Evêque de Sinite. »

M. Magnac à M. Vinçot, procureur de la mission du Su-Tchuen oriental, à Tong-King :

8

« Teu-Tsé-Hô, 25 mai 1875.

» Comme vous le savez, nous venons de perdre le bon M. Roland. Quand j'arrivai à Ly-Tou-Pas, le 30 avril, il ne pouvait presque plus manger ; mais le 3 mai il commença à s'aliter. La tête et l'estomac lui faisaient grand mal. Le septième et le huitième jours de la maladie étant passés, et le malade se levant et mangeant un peu, je crus qu'il n'y avait plus à craindre. Je le laissai aux bons soins de M. Bréard. Le médecin m'assurait, du reste, que dans trois jours il serait guéri. Je partis donc, et voilà que quelques jours après il allait plus mal. Je fis appeler M. Décomps, qui partit immédiatement pour aller le voir. Le bon Dieu vient de le rappeler à lui. Pendant sa maladie, il me dit avec une charmante simplicité : « Si on vous demande si le P. Roland était un » saint homme, vous direz que *non* ; mais si l'on » vous demande s'il est mort content et sans sour- » ciller, vous direz *oui*. » Il s'était confessé dès le début de sa maladie, qu'il a supporté avec une patience et une résignation admirable. Il est hors de doute qu'il a pris sa maladie en visitant ses chrétiens atteints de ce mal contagieux. Il est vraiment martyr de la charité. M. Bréard avait contracté la même maladie; il en relevait quand j'arrivai. Les chrétiens voulaient battre le dernier médecin qui avait soigné M. Roland; mais il faut bien croire que c'est le bon Dieu qui l'a voulu au ciel...

» P. MAGNAC,

» Missionnaire apostolique. »

Le P. DÉCOMPS à M. et Mᵐᵉ FEUVRIER, au Russey (Doubs) :

« Ly-Tou-Pas, 27 mai 1875.

» Monsieur et Madame,

» Je n'ai pas l'honneur de vous connaître, mais j'ai entendu parler bien souvent de vous par un ami commun, M. Roland. Je pense que, lorsque cette lettre vous parviendra, vous saurez la triste nouvelle et que ce ne sera pas moi qui vous apprendrai le passage à la vie meilleure de celui que vous aimiez tant et qui était si heureux de votre amitié. Le meilleur de mes amis et le vôtre a rendu sa belle âme à Dieu le 23 mai, vers les cinq heures du soir ; et c'est pour me consoler que je veux vous raconter la fin édifiante d'un ami si cher et qui laisse un si grand vide autour de moi. La tristesse dans l'âme, les pleurs dans les yeux, pour vous consoler vous-mêmes, je vais vous dire en deux mots ce que je sais sur un si bon confrère.

» Vous savez que votre parent était de la santé la plus robuste. Quelques jours avant l'Ascension, il fut pris d'une fièvre typhoïde. Il voulut d'abord lutter con tre la maladie, mais le jour de l'Ascension, après avoir célébré, pour la dernière fois, la sainte messe, il fut obligé de garder le lit, et depuis, en proie à une fièvre terrible, il n'a cessé d'édifier tout le monde par une patience angélique et par une résignation la plus entière à la volonté de Dieu. A la première nouvelle de sa maladie, j'ai fait plus de trente lieues pour le voir et lui prodiguer les soins dont j'étais capable, et malheureusement inutiles, car à mon arrivée, notre cher ami était dans un état désespéré. Outre les soins d'un confrère, M. Bréard, qui faisait l'impossible auprès du cher malade, trois médecins ne quittaient pas la maison. Les chrétiens rivalisaient de zèle auprès du lit de notre ami. Mais tout a été inutile. Le bon Dieu voulait frapper un grand coup, et nous n'avons qu'à adorer les desseins de sa divine providence, qui, en nous enlevant un ami en ce monde, nous donne un protecteur au ciel.

» M. Roland est au ciel, car c'était un saint, et la paix et la joie qui rayonnaient sur sa figure au moment où son âme était près d'aller à Dieu, me laisse la certitude de son bonheur. Deux ou trois jours avant sa précieuse fin, il me disait avec un calme admirable : « Je vois venir la mort à grands pas. » Les médecins, désespérant de le sauver, ne lui donnaient plus que des remèdes pour prolonger sa vie. Si désagréables que fussent les remèdes, notre patient n'a jamais refusé de les prendre, sans doute en union avec Celui qui a bu un calice autrement amer, Notre-Seigneur Jésus. Jamais la moindre plainte, une obéissance vraiment admirable aux ordonnances du médecin et à nos propres conseils, et je dis plus, le désir de mourir, telle était la préparation à la mort de notre pieux malade.

» Muni de tous les sacrements de l'Eglise, en-

8*

touré d'un grand nombre de chrétiens, qui récitaient les prières des agonisants dans la chambre et les appartements voisins, et assisté de M. Bréard et de moi, il est entré dans la paix éternelle sans aucun effort, après une courte agonie. Au moment où sa dernière heure approchait, il ne pouvait plus parler, mais on voyait ses lèvres faire des efforts pour prononcer les saints noms de Jésus, Marie, Joseph, et il baisait avec le plus tendre amour son christ de missionnaire, que je lui appliquais sur sa bouche mourante.

» Je veux encore ajouter un fait, que je certifie, et qui a rempli mon âme d'une consolation qui n'a d'égal que la douleur de perdre un confrère si aimé. Quelques moments avant d'expirer, ses yeux, qui semblaient à jamais éteints, se levèrent tout d'un coup vers le ciel, en même temps que son visage brillait d'une joie céleste. Il les baissa peu à peu et les arrêta entre M. Bréard et moi, puis il les reporta un instant sur le crucifix que je tenais devant lui. Seul j'ai remarqué cette extase d'amour, et rien ne m'arrachera de l'esprit que notre cher mourant n'eût reçu alors une vision céleste, un avant-goût des délices divines.

» Et maintenant les restes mortels de M. Roland reposent sur un petit monticule qui domine la jolie plaine de Ly-Tou-Pas, à côté d'un autre saint missionnaire, mort il y a quelques années. Les deux attendent là la résurrection glorieuse, au milieu de leurs chrétiens, qu'ils ont aimés d'une ardente charité et dont ils étaient adorés.

» Votre cher parent, pendant qu'il a visité ce district, a su acquérir l'affection, non-seulement des chrétiens, mais même des païens, de sorte que son ministère, hélas! trop court, a été très-fructueux. Oh! si le bon Dieu l'avait laissé à l'affection de ses ouailles quelques années encore, nul doute qu'il n'eût obtenu de grands succès. Mais sa piété, son zèle et ses vertus le rendaient digne, à la fleur de l'âge, de la couronne du gloire, et Dieu nous l'a enlevé pour lui donner la palme du triomphe en paradis.

» Je ne me fatiguerais jamais de vous parler de lui; mais, étant sur le point de repartir pour rentrer dans mon poste, je ne puis pas être plus long pour cette fois. Je vous écris ces mots, parce que je sais qu'il vous aimait d'une grande affection.

» Pendant de longs mois, alors que nous parcourions les mers et que nous remontions à nous deux seuls le grand fleuve Bleu, que de fois il m'a parlé de vous et des autres amis de sa chère Franche-Comté. Il fut envoyé bien vite dans son district, qu'il a administré jusqu'à sa mort. Plus tard je fus envoyé dans un poste voisin du sien, c'est-à-dire à une trentaine de lieues de sa résidence, et nous avons eu le bonheur de nous revoir quelquefois, toujours avec un plaisir nouveau.

» Je ne vous raconte pas les vertus de votre parent, vous les connaissez ; mais je puis ajouter qu'il avait un grand désir du martyre. Il a quitté ce monde sans frayeur de la mort et avec la joie dans le cœur. Martyr d'amour et de charité, martyr de sang par le désir, martyr de la charité, car c'est en prodiguant ses soins à des malades qu'il a contracté la maladie qui nous l'a enlevé, pour le placer, comme nous en avons la ferme confiance, dans la céleste légion des apôtres et des martyrs.

» Eh bien, Messieurs, ne nous attristons pas trop de cette perte si grande ; mais, avec les yeux de la foi, voyant le bonheur dont il jouit au ciel, cherchons à l'imiter, chacun dans notre petite sphère, dans son grand amour pour Dieu et les hommes, dans l'accomplissement de ses devoirs de saint prêtre, de parent aimant et de parfait ami, comme aussi dans toutes ses vertus, et Dieu nous donnera le bonheur de le retrouver pour l'éternité, dans la patrie du ciel. J'ai l'honneur de me dire, avec le plus profond respect, tout à vous, que j'ose appeler mes amis, dans les saints Cœurs de Jésus et de Marie.

» B. DÉCOMPS,
» Missionnaire apostolique au Su-Tchuen oriental. »

« Je prends part de tout cœur à tout ce que vous a dit M. Décomps de la maladie et de la mort édifiante de notre cher confrère et ami, M. Roland. Plus encore que M. Décomps, j'ai été témoin de son angélique patience, puisque je l'ai soigné durant toute sa maladie, qui a duré près d'un mois. Pas un murmure, pas une contradiction.

Jusqu'à présent, c'est moi aussi qui lui succède dans le district de Kuï-en. Je désirerais bien vous envoyer quelques souvenirs de ce cher confrère, mais ce n'est pas facile; je vais cependant tenter. Je vous envoie dans cette lettre une mèche de sa barbe, que j'ai coupée pour vous après sa mort, pensant ne pouvoir rien vous offrir de plus précieux que cette relique corporelle de votre cher ami. Ne vous étonnez pas de trouver la barbe noire et non pas blonde comme autrefois. Il la teignait pour passer plus facilement inaperçu au milieu des Chinois.

» Votre tout dévoué serviteur en N.-S.,

» Alph. Bréard,

» Missionnaire apostolique. »

Lettre d'un ami de l'abbé Roland à M. le curé d'Orchamps-Vennes :

« Lons-le-Saunier, 16 octobre 1875.

» Monsieur le curé,

» Il est donc vrai que notre Alfred ne vit plus sur la terre ! Une nouvelle arrive de l'autre bout

du monde, disant : le Su-Tchuen a perdu un
apôtre ; le ciel possède un saint de plus. Et cet
apôtre, ce saint, c'est lui.

» Cette mort inattendue a dû faire tomber bien
des larmes. Ils pleurent, là-bas, dans la maison
paternelle, quand ils disent : Nous n'avons plus
notre frère ; sa place sera désormais vide au
foyer ; c'est fini : il ne reviendra pas ! Ils pleurent
aussi, ceux qu'une double force, l'amitié et le
sang, avait attachés à sa vie. Hélas ! maintenant
les liens sont brisés ! Ils l'ont perdu !

» Mais, au milieu de ces pleurs et de ces
regrets, le P. Roland a dû voir avec satisfaction
un ami qui n'était point triste et qui n'a pas
pleuré. Mon âme, au contraire, était joyeuse et
jalouse ; ce départ si rapide pour le paradis a
ravivé mon courage et fortifié mes espérances.

» Notre amitié n'avait rien de terrestre, ni de
mondain, la mort n'a pu l'éteindre ; elle n'est pas
de celles qui vieillissent et tombent. Fondée sur la
similitude de nos goûts et sur la sympathie de
nos âmes, cimentée par douze années de frater-
nelle union, consommée dans la même séparation,
par le même sacrifice, elle s'est soutenue malgré

l'absence ; elle continuera forte et agissante, malgré la distance qui sépare le ciel de la terre, jusqu'au jour où elle sera couronnée par un bonheur égal et éternel.

» Le corps d'Alfred ne se meut plus : je le vois étendu là-bas, tout seul, sans vie, sous une terre sauvage. Sa grande âme a réduit ce serviteur, cependant si docile ; elle en avait assez ! Elle a brisé d'un seul coup ces vigoureux liens de chair qui la retenaient captive ; et, libre, elle s'est envolée dans sa patrie.

» Pour moi, je suis encore sur la terre de l'exil et de l'épreuve ; mon corps force ma pauvre âme à séjourner dans ce monde, qu'elle déteste et où elle s'ennuie ; mais un jour viendra où il tombera lui-même pour ne se relever plus ; et mon âme, libre à son tour, s'en ira, dans le sein de Dieu, se réunir à cette âme qu'elle aima tant.

» Vous me demandez de vous parler de ce cher Alfred, que j'aime et que vous regrettez : je m'empresse de répondre à votre demande ; mon témoignage ne fera du reste que confirmer le jugement de ceux qui l'ont connu.

» Voyez-vous, cette taille imposante, cette

large et robuste poitrine, où se cache un grand
cœur, cette tête solidement plantée sur de vigou-
reuses épaules, cette démarche énergique, ce
grand pas fortement marqué, ces traits accentués,
ce front large, ces lèvres souriantes, cet air
simple et modeste, ce regard que des yeux
expressifs, mais faibles, rendent timides et légè-
rement embarrassé : c'est lui ; c'est l'homme fort !
A sa vue, l'on ne pouvait que dire : Quelle robuste
constitution ? Il y a là de la vie pour longtemps.

» Et toute cette riche nature était au service
d'une grande et belle âme. Dieu semblait avoir
pris plaisir à réunir en lui tout ce qui peut faire
l'apôtre intrépide. Une grande âme, un cœur
dévoué, ayant à leur service un si robuste corps,
étaient capables de tout oser et de tout entreprendre pour Dieu !

» En effet, au premier abord d'Alfred, appa-
raissaient tout de suite les qualités de son cœur,
la bonté, la grandeur, le dévouement. Sans rien
cacher, sans rien déguiser, il se montrait tel qu'il
était, et cette franche simplicité faisait plaisir. Sa
parole ne connaissait pas davantage les détours :
elle était toujours l'expression fidèle de sa pensée

9

et de son sentiment ; la politesse mondaine, où il
y a si souvent l'exagération, la réticence et le
mensonge, lui était étrangère. Il portait son
cœur sur ses lèvres et sur sa main.

» Et ce cœur a été bon, il le fut toujours. Il a
été grand, il n'aima que Dieu. S'il chérissait sa
famille, s'il s'attacha à des cœurs, ce fut toujours
en Dieu et pour Dieu. Que de fois ne me l'a-t-il
pas dit et montré ! Il fut dévoué, il ne sut jamais
s'épargner ; il se donna tout entier et si bien que
trois années de dévouement l'ont abattu, l'ont tué !

» Elève, il fut aimé de tous. Tous étaient heureux de se trouver avec lui ; pour mon compte,
j'étais fier d'être son ami. Sa piété n'était point un
épouvantail. Loin d'être farouche, elle était
joyeuse et franche, parce qu'elle était vraie. A
l'étude, aux jeux, à la promenade, à l'église, il
était toujours le même, c'est-à-dire infatigable.
De temps en temps, un tour de collége, adroi-
tement combiné, montrait que la sagesse n'exclut
pas d'agréables plaisanteries et d'innocents arti-
fices. Aussi, à son grand déplaisir, il était entouré
de l'estime et de la vénération. Ses condisciples le
nommèrent toujours préfet de la Congrégation,

et chaque année le prix de sagesse devenait son droit et sa propriété. Il ne pouvait en être autrement. Un élève avait-il besoin d'un soutien ou d'un défenseur ? Alfred était là. Un autre tombait-il malade ? Alfred devenait son infirmier. Quand il fallait une peine, un sacrifice, un dévouement, Alfred se présentait le premier.

» Sa bonté se révélait surtout à ceux qui purent obtenir une place plus intime dans son cœur. Avec eux, il ne comptait plus, il se donnait tout entier ; et, ce qui est bien rare, il savait toujours deviner la volonté de son ami, pour renoncer à la sienne propre. Pendant neuf ans, il m'a été impossible de surprendre sur ses traits la moindre impatience, dans ses paroles la plus légère amertume, dans son cœur la plus petite aigreur à mon endroit, et l'on disait souvent : « Voyez donc comment ils s'aiment ! » Ah ! c'est que, différente des amitiés mondaines que l'égoïsme, le caprice ou l'intérêt font vaciller tour-à-tour, notre affection avait en Dieu son point d'appui et sa force, et dès lors elle n'admettait ni froideurs, ni nuages, ni tempêtes : c'était toujours la charité, c'était un ciel pur et serein.

» Elles seront surtout chères à ma mémoire, les deux années de notre vie commune. Nous n'avions tous deux qu'un cœur et qu'une âme : nous nous confiions nos projets d'avenir ; nous partagions nos craintes et nos espérances, et nous nous préparions, dans la prière, au même sacrifice.

» C'est alors que je pus connaître à loisir son grand cœur. Ce cœur si large avait besoin de se donner, de se dévouer, mais il ne laissa jamais croître en lui que l'amour de Dieu, dominant et dirigeant toutes ses autres affections. Il avait compris que l'amitié, pour être forte et profitable, devait naître, vivre et se consommer dans le Cœur de Jésus-Christ. Aussi, il ne voulait aimer que les âmes !

» Il aima sa famille, il avait un culte pour sa mère. « Ah ! me disait-il souvent, si ma mère n'était pas là, je serais déjà bien loin ; il me semble que j'aurais assez de forces pour quitter tout, excepté ma mère. Mais m'arracher des bras de ma mère, c'est impossible ! Attendons ! Le jour de sa mort sera tout près du jour de mon départ. Et de grosses larmes tombaient de ses yeux.

» Et c'était dans de tels moments que sa prière pour les siens était le plus fervente. Nous demandions à Dieu de préparer nos cœurs et ceux de nos familles ; nous nous représentions les scènes d'adieu ; nous parlions des étonnements de notre départ ; nous nous promettions le secret l'un à l'autre ; nous avions fixé l'année de l'adieu ; nous nous sommes séparés aux pieds de l'autel, et Dieu a exaucé notre prière. Il est arrivé, par une heureuse coïncidence, qu'il recevait notre sacrifice le même jour.

» Il s'était abonné en secret aux *Missions catholiques;* un religieux bénédictin d'Einsiedeln le lui avait conseillé. Je le regardais lisant avec avidité : son visage s'enflammait et il s'arrêtait en me disant : « Un jour, mon cher, mon nom sera là ; j'irai là-bas mettre pour le bon Dieu mon cœur au large. Ici, les mauvais cœurs et les mauvaises langues paralysent le ministère du prêtre ; les hypocrites et les fourbes attristent son âme ; le dévouement, toujours critiqué, est arrêté dans ses élans. Oui, j'irai travailler dans une terre nouvelle, apprendre à des sauvages comment on aime Dieu, comment on devient chrétien.

» Ne trouvez-vous pas dans ce cœur l'expression vivante du dévouement? On ne le croyait pas capable d'un si grand sacrifice, ni doué d'une vertu si parfaite. Connaissant ses secrets, j'écoutais en souriant les on-dit d'alentour, et je me disais : Plus tard, on admirera cette âme d'élite. Je ne sais comment il exerça son premier ministère, non loin de sa famille. Il dut se donner tout entier, ne comptant pour rien le travail et la fatigue. Mais il m'écrivait : « Mon cher, es-tu prêt? A bientôt le grand coup, n'aie pas peur; je partirai, c'est certain, mais personne ne peut deviner. »

» Oui, mon cher, lui répondais-je, soyons forts, et préparons nos âmes. Le monde nous appellera des fous, laissons dire le monde; que nous importent ses louanges ou ses dédains? Nos familles prendront le deuil, elles nous pleureront comme des morts. Laissons pleurer : ces larmes nous porteront bonheur.

» Toi aussi, arme-toi de courage; ton cœur si sensible va saigner! Tu veux revoir tous les tiens; moi, je quitte tout sans rien dire. Prépare-toi au sacrifice : l'autel est prêt. Arrache l'une après l'autre toutes les affections de la famille. Tu as regardé cette vieille ferme où tant d'ancêtres ont passé. Là se rattachent tes souvenirs d'enfance ; là tu reçus les premiers et les derniers témoignages d'affection d'un bon père, d'une sainte mère ; là, tes frères et sœurs sont réunis pour te posséder encore, et c'est demain qu'il faut franchir pour la dernière fois ce seuil béni.

» Tu as regardé cette petite chambre que la main délicate de ta mère et de tes sœurs a ornée pour toi ; prends-y tes armes de missionnaire, ton crucifix et l'Evangile : demain tu en auras besoin. Je lis dans ta dernière lettre : « Il était minuit, tu comprends les émotions qui écrasaient mon âme. Tout était silencieux, c'est l'heure où les voleurs préparent leur coup, et je pars, j'ai franchi le seuil, je me suis retourné une fois pour revoir la maison et la montagne ; j'étais seul sur la route, j'ai pleuré, j'ai prié : *Consummatum est.* Notre amitié n'a besoin ni de baisers ni de souvenirs ; je te saluerai à travers vingt lieues. Adieu, mon cher ami, peut-être n'est-ce qu'au revoir, si tu viens là-bas ; mais, s'il faut te dire adieu, je te le dis de tout mon cœur, je te le dis avec toute l'ardeur de mon âme, adieu ! »

» Ce furent ces dernières paroles à un ami; elles sont pour moi une garantie de secours et un sujet d'espérance. Le ciel est notre rendez-vous; il m'a précédé, ce sera bientôt mon jour de partir. Alors nous nous reverrons, nous nous retrouverons, pour continuer dans le ciel notre amitié commencée sur la terre. *Fiat!*

» En me recommandant à vos bonnes prières, je vous prie d'agréer mon respect.

» CH. H.»

XVII

SERVICE FUNÈBRE A L'ÉGLISE D'ORCHAMPS-VENNES

5 OCTOBRE 1875.

M. le curé d'Orchamps-Vennes à ses confrères et à sa paroisse :

> Bonum certamen certavi, cursum consummavi, fidem servavi, in reliquo reposita est mihi corona justitiæ quam reddet mihi Dominus in illa die justus judex.
>
> « J'ai combattu le bon combat, j'ai achevé ma course, j'ai conservé la foi, il ne me reste qu'à recevoir la couronne de justice qu'en ce jour doit me donner le Seigneur juste juge. »
>
> (IIe Epître de S. Paul à Timothée.)

« Vénérés confrères, chers paroissiens,

» N'attendez pas de moi un éloge funèbre, ou ce qu'on appelle un panégyrique. Le jeune prêtre que nous pleurons laisse une mémoire embaumée

9*

du parfum des vertus sacerdotales et apostoliques; à quoi bon les fleurs de l'éloquence hu-
maine sur ce tombeau qui brille d'un éclat tout
céleste? Voici des amis qui veulent que je leur
parle d'un ami, des enfants dans le cœur desquels
il faut que je répande le trop plein de mon cœur.
J'ai le besoin de me consoler moi-même, le devoir
de consoler ceux qui m'entendent et de nous édifier tous sur un sujet que je connais et dont je
suis profondément pénétré.

» Le supérieur du Séminaire des Missions étrangères annonçant la mort du missionnaire Alfred
Roland, écrivait : « Nous n'avons pas encore de
» détails sur sa mort, mais nous ne doutons pas
» qu'elle ne soit conforme à sa vie de piété, d'ab-
» négation et de dévouement. »

» Voilà bien en trois mots la vie de l'abbé
Roland, toute de piété, d'abnégation et de dévouement.

» Toute de piété pendant son enfance, au séminaire et dans sa famille ;

Toute d'abnégation durant les bien courtes
années de son sacerdoce dans la paroisse d'Orchamps ;

» Toute de dévouement pendant son trop court apostolat au Su-Tchuen oriental.

» Il y a une vingtaine d'années, l'abbé Roland, alors enfant de douze à quinze ans, au Bas-de-La-Chaux, dans sa famille, se faisait remarquer par sa constitution robuste, une force et une activité de corps extraordinaires, et semblait n'avoir de goût et de vocation que pour la vie de la ferme et les travaux de la campagne. Mais à ce physique robuste étaient joints une âme sensible et pieuse et un cœur généreux. Ce furent et cette générosité de cœur et cette sensibilité d'âme qui jetèrent le jeune homme dans la carrière des études, contrairement à tous ses goûts et dispositions naturels.

» Un père et une mère foncièrement chrétiens avaient souvent répété devant leurs nombreux enfants : « Quel bonheur pour une famille que d'avoir un prêtre! Un jour la bonne mère, prenant Alfred à part, lui parla à peu près ainsi : « Mon enfant, vous aimez le bon Dieu; ne vous dit-il pas quelquefois au cœur qu'il serait temps de commencer vos études? Vous le voyez, mon cher enfant, votre père et moi nous avons bien

des maux, bien des soucis pour vous tous. Eh bien !
tout cela ne serait rien, si nous savions qu'un
jour un de vous offrira le saint sacrifice de la
messe pour ses frères et sœurs, et pour le repos
de nos âmes, quand nous ne serons plus de ce
monde. » Ces paroles de la bonne mère étaient
allées droit au cœur de l'enfant, l'avaient profondément ému et gagné à sa cause.

» Quinze ans plus tard, l'enfant, devenu prêtre,
nous disait qu'à partir du jour où sa mère lui avait
ainsi parlé, il n'avait pas eu un instant de doute
sur sa vocation à la prêtrise. « J'ai toujours cru,
ajoutait-il, que le bon Dieu m'avait parlé par la
bouche de ma mère. Mais ce fut un rude sacrifice
pour moi de quitter la famille et la ferme, pour
aller entre les murs du séminaire, à des études
pour lesquelles je devais m'attendre à bien des
peines et des dégoûts, et peu de succès. »

» Grâce à une grande bonne volonté et à une
énergie de caractère peu commune, le jeune
Roland fut un excellent écolier ; c'est ce que nous
disent à l'envi ses maîtres et ses condisciples. Ses
moyens n'étaient pas transcendants, mais avec
grand cœur il mettait à profit toutes les res-

sources que le bon Dieu lui avait départies.

» Chez lui, c'était pour Dieu piété tendre et ardente, mais simple ; envers ses maîtres, respect affectueux, soumission parfaite. Avec ses condisciples, il était franc, loyal, plein d'entrain, de gaieté, attentif à tout ce qui pouvait faire plaisir et éviter de la peine. Aussi a-t-il plusieurs fois obtenu le prix de bonne conduite, décerné d'après le suffrage des élèves et des maîtres. Treize ans se passèrent ainsi dans la piété et l'étude, et l'amenèrent au sacerdoce, à la joie de ses parents et de ses condisciples, et à la satisfaction de ses maîtres et de ses supérieurs.

» Le jour même de son ordination, le jeune prêtre nous fut donné comme vicaire, heureusement pour nous! Nous ne faisions qu'arriver nous-même dans cette paroisse, qui était un lourd fardeau relativement à nos faibles épaules. Mais, grâce à Dieu ! il nous arrivait un collaborateur d'une santé forte, d'un excellent esprit et d'un cœur d'or. Le vicaire, de son côté, venait à Orchamps comme à un poste de faveur ; il se retrouvait sur ses chères montagnes et près de sa bonne et honorable famille. Aussi l'avons-nous vu, dès lo début et pendant trois ans, remplissant de tout cœur toutes les fonctions du saint ministère. Que dirai-je de ces trois années de sa présence au milieu de nous? Rien. Je ne pourrais qu'affaiblir les heureuses impressions qu'elles vous ont laissées.

» Quelle piété à l'autel! quelle assiduité, quel zèle au saint tribunal! Vous vous rappelez l'entrain qu'il mettait dans les exercices de piété, la congrégation, par exemple. Quel soin il donnait aux enfants qui commençaient leurs études! quelle attention pour les malades! quelle simplicité! quelle franchise, quel cœur dans ses rapports avec tous!

» Voilà des choses que vous savez, mes frères. Il en est que vous ne savez pas, et que nous vous dirons, nous qui avons eu le bonheur de le connaître dans l'intimité.

» *Charitable :* le bon abbé n'estimait l'argent que par le plaisir de le donner. Quand sa bourse était vide, il donnait ses effets. On le rencontre un jour sortant du presbytère et portant sous le bras du linge dissimulé au moyen de son camail. Mais, Monsieur l'abbé, cette chemise est toute neuve! — « Tant mieux, dit-il en souriant, elle fera meilleur usage. » Ce meilleur usage était au profit d'un ouvrier malade, de passage dans la paroisse pour la construction du clocher.

» *Laborieux* : debout à quatre heures en été, cinq heures en hiver, il était exact à tous ses exercices de piété : méditation, lecture spirituelle, visite au Saint-Sacrement. Le reste de son temps était pour l'étude, et l'étude des choses sérieuses particulières aux prêtres. J'en appelle à vous, mes paroissiens, vous qui avez joui de ses instructions, ne disiez-vous pas en le voyant descendre de chaire, voilà un homme d'étude, voilà un homme d'oraison?

» *Rude à lui-même :* toute nourriture lui était bonne. On s'est aperçu plusieurs fois le matin que son lit n'avait pas été défait. Le soir, il s'enveloppait dans sa couverture et couchait sur le plancher : vraisemblablement pour se former par avance à la vie de missionnaire.

» Il y a eu trois ans au mois de juillet, une lettre arriva à M. l'abbé au moment où nous étions à table. « C'est le timbre de Paris, » dit-il, et, visiblement ému, il se retire dans sa chambre. Peu après il revient et nous dit, qu'en réponse à une demande qu'il a faite, on le prévient qu'il est admis au Séminaire des Missions étrangères. Sous le coup de cette nouvelle inattendue, nous croyons devoir lui faire envisager la gravité de sa démarche; nous lui demandons s'il y a long-temps qu'il y pense, s'il en a bien mesuré toutes les conséquences. Il nous répond : « La première année de ma théologie, je voulais déjà partir. Mon directeur s'y opposa en considération de ma famille, spécialement de ma mère déjà souffrante. Il y a six semaines, je suis allé faire une retraite au séminaire; j'ai rappelé à mon directeur que l'obstacle à mon départ est levé, ma mère n'étant plus de ce monde, et j'ai été autorisé à donner suite à mon projet. »

» Nous insistons. Voici déjà du temps que vous exercez le saint ministère, voilà des liens de formés, et ceux de votre famille ! Puis c'est tout un nouveau genre de vie à entreprendre.

» Je pressens tout cela, répond-il; mes frères et sœurs savent que je les aime, et, comme ils sont chrétiens, ils savent aussi ce que doit être un missionnaire. J'ai de grands sacrifices à faire, sans doute; mais plus de maux, plus de mérite.

Dieu m'appelle, je dois compter sur son secours.

» Les plus héroïques sacrifices étaient faits par ce cher abbé avec tant de simplicité et de bonne grâce qu'ils lui semblaient tout-à-fait naturels. Du Séminaire des Missions, il nous écrivait : « Voici que je suis redevenu séminariste après trois ans à Orchamps ; quelle différence de position ! Comprenez-vous que je demeure sans sortir de la maison, moi qui prenais si bien mes ébats. En étendant mes jambes, j'embrasse toute la largeur de ma cellule ; mon lit, quoique étroit, en occupe la moitié. »

» Trois mois plus tard, il disait : « Un jour, je suis resté assis à mon bureau depuis 7 heures du matin jusqu'à 11 heures 3/4. Quand j'ai voulu me lever, mes jambes ne voulaient plus me porter. Est-ce possible ? me dis-je. Bah ! il vaut mieux emporter en mission un peu moins de science et un peu plus de vigueur, et après midi j'obtins la permission de battre le pavé de Paris.

» Avant l'ordination qui précéda le départ, il écrivait : « Si je ne consultais que mes goûts, je resterais à Paris jusqu'au départ ; mais mes frères et sœurs me supplient de ne pas m'embarquer sans retourner les voir. J'irai donc au pays. On verra que je suis bien le même et que je ne pars pas malgré moi. »

» Le cher abbé ! comme il sentait vivement les brisements de cœur ! Le 13 juillet il nous écrivait : « C'en est donc fait, le départ aura lieu mercredi ? Dimanche 20 juillet, à 10 heures du matin, le navire quittera le rivage de la France. A cette heure, vous serez, vous aussi, dans un vaisseau, le vaisseau de votre église, immobile, reposant sur la terre ferme, tandis que le nôtre se promènera chancelant sur l'abîme. Vous serez environné d'une foule pieuse, et moi je regretterai d'être privé des saints mystères, des belles cérémonies de la religion. Le navire emportera rapidement mon corps vers l'Orient ; mais mon esprit, mon cœur, ma pensée, tout cela ne sera pas sur la mer ; tout cela sera cramponné à Orchamps, aux Fins, au Bas-de-La-Chaux. Mes yeux chercheront la Franche-Comté ; hélas ! ils ne saisiront que la terre la plus proche, jusqu'à ce qu'ils ne trouvent plus que le ciel et l'eau. Ne croyez pas, en lisant ces lignes, que je pars malgré moi. Oh ! non ; je suis même content de voir arriver ce

jour. Depuis neuf ans, je soupire après le moment
où je pourrai aller travailler au salut des infidèles. Ce jour va briller, l'heure va sonner où je
posséderai ce que j'ambitionne surtout depuis ma
première année de théologie. »

» Après une traversée rendue des plus pénibles
par des chaleurs atroces de quatre mois, tant sur
l'Océan que sur le fleuve Bleu, notre missionnaire
arrivait en novembre au centre de la Chine. La
première nouvelle qu'il apprend est qu'un missionnaire français et un prêtre chinois viennent
d'être massacrés, en haine de la religion, par les
infidèles de son district, le Su-Tchuen oriental. Il
nous écrit ce fait et s'écrie : « Grâce à Dieu ! notre
mission donne encore des martyrs ; c'est bon
augure pour ceux qui arrivent. » Il passe quelque
temps dans la maison de son évêque pour se reposer et s'initier aux premiers éléments de la langue
chinoise. Ses progrès dans cette langue sont si
rapides qu'à Noël il se rendait déjà utile à la
mission en administrant les sacrements. Une
chose qui tient du prodige, mes frères, et qui a
étonné le directeur du Séminaire des Missions,
c'est que l'abbé Roland ait prêché en langue

chinoise trois mois après son arrivée en Chine, le 3ᵉ dimanche du Carême.

» Une chrétienté dans le voisinage du district où le massacre des deux prêtres venait d'avoir lieu était abandonnée, délaissée ; le missionnaire qui la dirigeait, effrayé, avait cru prudent de s'éloigner pour un temps, croyant sa vie en danger. C'est à ce poste périlleux que l'abbé Roland fut envoyé.

» Voici donc le champ ouvert à son zèle. Environ cinquante lieues de longueur sur vingt de largeur, plus de 30,000 païens et 3,000 chrétiens, et ces chrétiens répandus parmi les païens, dans les villes et villages, par groupes de 10, de 20, de 40, 100, 200, plus ou moins, chrétiens qui, malgré l'activité du prêtre le plus robuste, ne peuvent guère être visités qu'une fois tous les ans ou tous les deux ans. Voilà notre missionnaire en tournée, accompagné d'un catéchiste, portant avec eux les objets nécessaires à leurs personnes et indispensables pour le culte, n'ayant d'autres ressources que la faible allocation faite aux missionnaires par l'œuvre de la Propagation de la Foi et la charité des fidèles au milieu desquels ils vivent.

» Pauvreté inimaginable ! Logements : vraies cabanes, sales, humides, souvent la terre nue pour plancher. Nourriture : souvent dégoûtante et insuffisante ; usages étranges auxquels il faut se soumettre, sous peine de se déconsidérer et de perdre le fruit du saint ministère chez ces peuples à demi sauvages.

» L'isolement, la privation d'amis est ce dont il se plaint le plus. « Oui, écrit-il, la vie de mission-naire est dure, pénible : peines du corps, peines de l'âme, rien n'y manque, si ce n'est un cœur auquel on puisse se confier. » Un jour qu'il atten-dait la visite d'un de ses confrères, le seul qu'il ait vu depuis plusieurs mois, il écrivait : « La peine est plus forte que l'appétit. Vraiment, pour faire un bon missionnaire, je crois qu'il faut un bon estomac, beaucoup d'esprit et point de cœur. L'estomac ! je n'en ai plus ; l'esprit ! je n'en ai jamais eu ; le cœur ! oh ! mon cœur il n'est pas fait pour loger la glace ! Ce qu'il y a de bon, c'est que j'ai toujours le bon Dieu pour moi. Je ressens bien un peu la vérité de cette parole de l'Evangile : « Celui qui aura tout quitté pour moi, son père, » sa mère, ses frères, ses sœurs, recevra le cen-

» tuple en ce monde et la vie éternelle en
» l'autre. » Que le bon Dieu continue à me
garder, et avec joie je redirai : Vive la souffrance ! Vive la croix ! »

» Comme c'est bien là le *superabundo gaudio*
de saint Paul ; « je surabonde de joie dans mes
tribulations ! »

» Il terminait sa lettre en disant : « Quand
vous recevrez ces lignes, il y aura deux ans que
je vous quittais pour venir au milieu de ces
terribles Chinois. Si j'étais en France en ce
moment, savez-vous ce que je ferais ? Je reprendrais le chemin de la Chine ou d'une autre
mission. »

» C'était peu pour lui que toutes ces misères ;
il ne rêvait rien de moins que le martyre. Il y a
un an il écrivait : « Les païens de Lin-Chouï,
district voisin, promettent 600 taëls (5,600 fr.) à
celui qui leur apportera la tête du P. Cottin. La
mienne ne vaut donc rien, puisque personne ne
la réclame ? » En mars dernier, il écrivait à l'un
de ses amis ici présent : « Je m'attends à tout, je
suis prêt à tout, mais j'aurai bien des maux de
cueillir la *palme rouge.* » En effet, ce n'était pas

le martyre sanglant qui lui était réservé, mais le martyre de la charité.

» Il règne dans ces contrées une fièvre maligne très-contagieuse, dont notre missionnaire nous parle lui-même. « Mₛᵣ l'Evêque, dit-il, recommande à ses prêtres de ne pas approcher de ces sortes de malades avec des habits humides, de fumer en entrant dans la chambre, et même de faire allumer un feu, afin de parler à l'infirme à travers la fumée. »

» C'est à cette fièvre contagieuse, contractée au chevet des malades, écrivait depuis le P. Décomps, qu'a succombé l'abbé Roland, malgré la force de son tempérament, et peut-être à cause de la force de son tempérament.

» Il avait beaucoup souffert des chaleurs l'été précédent, mais l'hiver lui avait rendu sa santé et sa vigueur. D'après des nouvelles récentes, c'est sur la fin d'avril que la fièvre l'a saisi. Dans le début, il n'y avait rien de grave, mais on trouva un jour le malade hors de son lit et ayant froid. A partir de ce moment, la maladie prit un caractère très-alarmant. Le malade a conservé sa connaissance jusqu'à la fin et a beaucoup édifié par sa piété et sa résignation. Vers sa fin, il disait à son compagnon : « Vous ne direz pas que l'abbé Roland est mort comme un saint ; mais vous pourrez dire qu'il n'a pas sourcillé devant la mort, il ne l'a pas craint. » C'est le 23 mai, dimanche de la Sainte-Trinité, qu'il a rendu sa belle âme à Dieu. Il a été pleuré et vivement regretté par ses chrétiens chinois, qui voulaient faire un mauvais parti au médecin qui l'avait soigné, disant qu'il l'avait empoisonné. Il a été assisté pendant toute sa maladie par un jeune missionnaire français qu'il avait comme vicaire, et par son compagnon de voyage en Chine, le P. Décomps, accouru près du malade à peine remis lui-même de la fièvre qui l'avait conduit aux portes du tombeau.

» L'abbé Roland mort à trente quatre ans ! après trois ans d'apostolat et trois ans de sacerdoce ! au début d'une carrière qui s'annonçait si féconde en fruits de salut !... que les desseins de Dieu sont impénétrables ! Pourquoi a-t-elle donc été ravie si vite à la terre cette âme si noble, si généreuse, si remplie de saints désirs ? Ah ! souvenons-nous qu'il n'appartient qu'au souverain Maître d'admettre à la récompense quand il le juge à propos.

N'était-ce pas assez de peines, assez de sacrifices?... Oui, Dieu l'a jugé ainsi; que sa sainte
volonté soit bénie !

» En présence d'une telle mort, mes frères,
qu'avons-nous à faire? Trois choses : continuer à
prier, nous consoler, imiter.

» S'il est un défunt pour lequel la prière nous
semble inutile, c'est assurément notre cher martyr de la charité. Néanmoins prions ; rendons
ainsi hommage à la sainteté infinie de Dieu, qui
peut voir des taches même dans ses saints. Prions;
si nos prières sont inutiles à celui qui en est l'occasion, retombant dans le trésor de l'Eglise, elles
seront utiles à d'autres.

» Consolons-nous. Celui qui, il y a à peine trois
ans, nous disait si courageusement du haut de
cette chaire qu'il nous quittait pour sauver son
âme et en sauver d'autres, a réalisé l'objet de ses
désirs. N'est pas apôtre qui veut. Jésus l'a dit :
« Ce n'est pas vous qui m'avez choisi, c'est moi
qui vous ai choisis. » Etre appelé de Dieu pour le
salut des âmes, porter aux infidèles la vérité de
l'Evangile et répondre courageusement à cet
appel, quel honneur ! quel bonheur ! Séchons nos

10

larmes, réjouissons-nous! Si notre ami était allé
faire une campagne brillante selon le monde, s'il
nous revenait avec les distinctions et la fortune, nous le féliciterions, nous nous réjouirions.
Il est allé s'assurer une fortune bien autrement
précieuse que les fortunes de ce monde, une
gloire bien autrement durable, et nous ne nous
réjouirions pas? Où serait donc notre foi?

» Sainte Eglise de Jésus, soyez bénie! Toujours
féconde, vous continuerez à donner des apôtres et
des saints !

» O Eglise de Besançon! soyez fière. Un nom
de plus dans les fastes de vos apôtres et de vos
martyrs; un anneau de plus à la glorieuse chaîne
des Parrenin, des Cuenot¦, des Chopard, des Ga-
gelin, des Marchand et des Rigaud.

» Paroisses des Fournets et des Fins, gloire à
vous; vous avez donné un apôtre à la Chine !

» Paroisse d'Orchamps-Vennes, félicitez vous;
vous avez eu les prémices de son ministère, vous
conserverez le souvenir de ses vertus, et ressen-
tirez l'effet de sa protection !

» Famille affligée selon la nature, réjouissez-
vous selon la grâce; quel héritage précieux que

ces lettres si nombreuses, si tendres, si apostoliques ; quel héritage que la protection d'un tel
prêtre et d'un tel frère dans le ciel !

» Enfin, imitons cet exemple, vivons de la vie
de piété et de sacrifice, chacun dans notre con-
dition, et nous nous retrouverons tous au rendez-
vous suprême, que celui qui nous réunit nous a
donné tant de fois et de si grand cœur, et du fond
de la Chine et du haut de cette chaire. Ainsi
soit-il. »

FIN.

TABLE DES MATIÈRES.

BESANÇON, IMPRIMERIE DE J. BONVALOT.

www.ingramcontent.com/pod-product-compliance
Lightning Source LLC
Chambersburg PA
CBHW061328050726
47504CB00013B/1385